憂しと見し世ぞ

岡田哲也
Okada Tetsuya

花乱社

装丁／design POOL

憂しと見し世ぞ❖目次

I

切実のうた　拙劣のいのち　村上一郎と私と時代……5
文人墨客　5／力こぶ　8／日本の近代　10／維新者　12／叛　心　15／青雲の志　17
狂信の父　19／震　災　21／屈　辱　23／厳格な母　25／割　礼　27／主戦場　30
危急の人　32／蛇足の戦後　34／自　立　36／憤　怒　38／出会い　40／『無名鬼』　43
便乗嫌い　46／ナルシシズム　48／好みと文体　51／瀕死の友人　53／二つの死　56
ばらばら　59／ストライキ　61／死者の鞭　64／祭りと闘争　66／阿久根靖夫　69
初掲載　71／三島由紀夫自決　73／おさらば　76
『開教日誌』を読んで……79
藤原伊織を悼む……95
男の哀しみと含羞と潔さ　95／シャイな正義漢　97

Ⅱ

ちょっと深呼吸……101

わがまち──空ゆく鶴と流れる人　101
食卓──円居は夢のまた夢　103
友──きっと心の〝ご馳走〟　106
祈り──オヒザキンキンの果て　108
祭り──常ならぬ黄金の卵巻き　110
嘘──負け続きのマウンドで　113
男と女──わがままとがまんの間　115
冬景色──鶴と一緒に帰る家　117
約束──水に流した誓いの指輪　120
親心──チラシの裏の片カナ手紙　123
贈り物──五百円札についた鱗　125
旅──仮のすみかの草枕　128
雨──降る鳴る光るそして泣く　130
駅──さざ波が立つホーム　133
秋空──人肌優しき風の頃　135
ごちそう──身も心も暖かくなるもの　137
未練──諦めとたらたらの間　140
別れ──サラバ大学バサラの青春　142
秘密──共有より共犯の快感　145
道草──急げど回るわが小道　147
におい──色とりどり　夢のあと　149
水──福田さんのおばさん　151
うた──うぬぼれ砕かれて　154
おしゃれ──飾らずにはいられない　156

風——窓を開けよう 158
酒——ダレヤメ、マツル焼酎 163
窓——湯船も風穴も 167
たくらみ——石の心 川内人柱考 172
たましい——鮎にあえない夏 176
弁当——肩身の狭い御飯 180
となり——牛を見にゆく 185
忘れもの——森の石松と三文詩人 189
買い物——掌に金の糞がついた男 194
土——鳥受難の日々 198
かばん——バッグの中味は 203
泣き笑い——赤ちゃんの表情 207
みのり——田んぼに出る人柄 212
星座——高校生の頃 217
こたつ——大家族の思い出 221
時計——持つのも待つのも 225
エゴ——姉さん女房 160
背中——しぐれゆく背中 165
舞台——出たがり屋の弁 169
駆ける——足で人を笑う奴は 174
声——話し下手と書き上手 178
火——火遊び大好き人 183
すれ違い——世相眺めて 187
魔法——母と子のおまじない 192
扉——引き戸と開き戸 196
光——光りものと日陰もの 200
化粧——出水兵児育ち 205
異界——スポーツの敵は 210
始まり——嘘つきは物書きの 214
誓い——『愛国百人一首』の頃 219
予感——神がかった人 223
ふるさと——毎日がサヨナラ 228

思うこと……231

オバマさんと政治家の言葉　231／モラルの乱れを嘆かない　232／勘違い　極めつけのＺ　234
子ども好き　235／猪の白い胃　237／血も涙も無い話　238／興ざめなスポーツ番組　239
ヘンな言葉の話　241／節分と豆おこし　242／還暦野球　243／生きた銭を使え　245
おりこうさんになるな　246／物書きうらおもて　247

ふるさと特産事始……249

大海の一滴と井戸の一滴　249／正月前後、物産館になるわがや　251
もの作りは絶望を友とせよ　254／風光の魅力と人間の努力　256／カツオ節への捧げ歌　258
ホンモノとニセモノ　260／贅沢な大地の幸、つましい日常　263

初出一覧　266

あとがき　267

憂しと見し世ぞ

I

切実のうた　拙劣のいのち　村上一郎と私と時代

文人墨客

三十年以上も前のことだ。村上一郎という文人がいた。

村上一郎って誰っ、という人が大半だろう。野球のイチローや民主党の小沢一郎なら知ってるけど、と言う人もいるかもしれない。もちろん村上一郎を知っていたからといって誇りにもならないし、知らなかったからといって恥にもならない。いやいや誇りとか恥とか、そんな大袈裟なことじゃないだろう、そういうことにこだわるお前さんこそ少しヘンだよ、と言う人もいよう。

そして彼は逆に聞き返すかもしれない。

「ところで、ブンジンって、何をする人なの」

――文人って聞いたことないかなあ。文人墨客《ぼっかく》と言ってね。

こう答えたところで、相手はさらに墨客でつまずくに決まっている。

文人や文士や文化人なんてあと五年もすれば、すっかり死語となり、この国の糞土《ふんど》となっているだろう。どんな産廃業者だって引き取らないくらいだ。

文人とは日本の古き良き時代の用心棒か耳かき棒のようなものだった。無用の長物ならぬ短物だった。だがこう言えば、この国にいつ古き良き時代なんてあったんだと、これは村上一郎を知る人からも知らない人からも笑われるだろう。

……むかしむかし、村上一郎というやさしくてこわくて、かなしくてくらい人がいてね、この人は誰よりも日本を愛して、誰よりも自分を愛した人だったんだけど、自殺したんだよ。

私はこう切り出せばよかったんだろうか。

よくあることだ。並みじゃあってもただの並みじゃない、あるいはただならぬことを言う時、突拍子もない言葉やこけおどしで人をひきつけようとするのは。

だが、一九七五年三月二十九日午後一時三十五分頃、村上一郎が自宅で、日本刀で首を突いて死んだのは事実だった。

自殺した文学者かあ、それって三島由紀夫と似てるね、と言う人もいよう。

ならばと私は膝を乗り出し、少し相好《そうごう》を崩してこう言うだろう。

「そう、三島が死んだのは、その五年前、ただし彼は市ケ谷の自衛隊の総監室で割腹し、森田必勝って人が介錯《かいしゃく》したんだけどね。その三島を、村上はこよない好敵手だと呼んでいたんだよ。ただ、三島が村上のことをそう思っていたかどうか、それは別だけどね」

むろん私はふたりの死に方を問題にしているのではない。村上一郎の生き方と生きた証しを問うているのだ。あるいは私は、村上一郎にかこつけて自分を語ろうとし、村上一郎だけではおぼつかないと見て、三島由紀夫まで引き合いに出そうとしているのだろうか。

今さら村上一郎をどう切るかじゃないよ、彼を思うお前さんの内面を一刀両断、すぱあっと切ってみせればいいんだよ、と諭す人もいよう。私はおずおずとそういう人に答える。

――切ってみせたところに私の血や村上一郎の魂や三島由紀夫の骨を浮かびあがらせるのには自信があるんです。そんなことより、私が本当に浮かびあがらせたいのは、そこに読者である〈あなた〉の顔を浮かびあがらせることですよ。それが、私の嫌いな言葉で言えば、村上一郎の今日性ということになるんでしょうか。

とまあ、口上はこれくらいにして、私は村上一郎という風に、しばらく吹かれてみることにする。

一九七〇年、新潮社の『波』に連載した「小説とは何か」の最終回で、三島由紀夫は村上一郎の小説『広瀬海軍中佐』を評して次のように書いている。三島が事に及ぶ二カ月程前のことだ。

「村上一郎氏の小説技巧は、ちかごろの芥川賞候補作品などの達者な技巧と比べると、拙劣を極めたものである。しかしこれほどの拙劣さは、現代に於て何事かを意味してをり、人は少くともまごころがなければ、これほど下手に書くことはできない。下手であることが一種の馥郁《ふくいく》たる香りを放つやうな小説に、実は私は久しぶりに出会つたのであつた」

私は三鷹市の駅前の本屋でこれを立ち読みしながら、なんだ褒め殺しじゃないかと思った。もちろんなべての下手な小説に真心が溢れているわけではない。村上一郎にしても、言った相手が三島由紀夫だったから良かったのである。普通の文芸評論家が言おうものなら、「貴様、失敬なっ、俺のどこが拙劣かっ」と血相を変えて、直談判《じかだんぱん》へと彼は走り出したかもしれない。

力こぶ

「人は少くともまごころがなければ、これほど下手に書くことはできない」

三島由紀夫はさすがにうまいこと書くなあと私は思ったが、褒められた村上一郎の作品を私はさすがとは思わなかった。ただ、村上一郎は喜ぶだろうなと思った。

三島由紀夫は自決する前は自衛隊や東大全共闘など、やたらと同志や友を求めていたから、あるいはこれは村上一郎の三島由紀夫に対するエールへの返歌かもしれなかった。村上は三島を論じた中で、次のように述べている。

「男が、男ばかりでやれる仕事といったら何だ。戦争と革命しかありはしない」(一九六九年「『わが友ヒットラー』について」)

「武断を知る者のみがまことの愛恋を、――いいかえるなら雷鳴の惨烈なる慟哭《どうこく》を知る者のみが、春雨のひそかな歔欷《きょき》の吐息を、エアレーベンし得る」（一九六九年『豊饒の海』第一部・第二部について」）

そして村上は、次のように三島をたしなめている。

「三島氏よ、文章のうまいあなたは、くれぐれも自らのことばに酔ってはならぬ（略）好漢願わくば、さらに腸九転し、世にいう『三島の美学』を自ら超克せよ」（一九六九年「『文化防衛論』をめぐって」）

武断や愛恋ならまだわかる。だが、「雷鳴の惨烈なる慟哭」や「春雨のひそかな歔欷」と来ると、かなわないなあと私は思ったものだった。ちなみに慟哭とは大声で泣き叫ぶこと、歔欷とはむせび泣くこと、エアレーベンとは体験するということである。

この世に真向かおうとする時、村上一郎にはいつも正眼というより上段に振りかぶったようなところがあった。それは常に一人で、世界を相手にしているという自覚でもあったのだろうが、自分の立場をある極北にまで追いつめないと気が済まないような彼の性癖にもよったのだろう。その態度というか姿勢が、ときおり漢語や雅語やドイツ語の混ざった独特の文体となってほとばしった。

力はいりすぎだよな、私はこう思う時もあったが、逆にそこに村上一郎の魂の力こぶのようなものを感じ、ふと安堵感を覚えたりもした。

そして私は「まごころがなければ、これほど下手に書くことはできない」という三島由紀夫のフレーズを、いつしか真心がなければこれほど下手に生きることはできない、というふうに読みかえていた。

それを村上一郎の作品や生き方についてもあてはめていたが、いつしか自分の生き方についてもあてはめるようになっていた。事実、いい生き方さえすれば、いい作品はあとから自然とついてくる、そういうようなところが村上一郎にはあった。これは、当時ちっともいいものが書けない私への妙な慰めとなった。

「一人ぐらいはこういう馬鹿が」と私は『兄弟仁義』を歌いながら、こう吐きすてたものだ。

「文学や大学だって、どうでもイインだ。ただ切実に、ただ拙劣に生きよ」

日本の近代

村上一郎が亡くなったのは、満五十四歳の春だ。とうに私も、その齢を過ぎた。父の死んだ齢、ゆかしい人の享年。心が弱っている時だろうか、私たちは故人の年齢がなぜか気になる時がある。

私は五十四歳の時、東京は小平にある彼の墓前で、こう呟いた。

――私はあなたのお世話になりながら、あなたの意も志も継げなかった。何よりあなたみたいには生きなかった。

あなたもまた、近代日本が産んだ幽鬼《ゆうき》の風車と斬り結んだ東国育ちのドン・キホーテだ。むろん私はあなたの弟子ではなかったが、西国で従者のサンチョ・パンサのように生きてきた。私はとにかく、とことん生き抜きます。

「ほう、あなたもってことは、村上一郎だけじゃないってことですね、それに幽鬼の風車なんて、あなただって結構時代がかってるじゃありませんか。その幽鬼とやらは、近代日本の中の、一体どんな風車です」

こう尋ねる人がいるかもしれない。

そうですね、と私は解説者のようなしたり顔で答えるだろう。

明治期、北村透谷という文人は日本の文明開化を次のように嘆いている。

「今の時代は物質的の革命によりて、その精神を奪はれつゝあるなり（略）革命にあらず、移動なり」（一八九三年「漫罵」）

あるいは夏目漱石は「現代日本の開化」という講演の中で、次のように語っている。

「我々の開化の一部分、或は大部分はいくら己惚《うぬぼ》れて見ても上滑りと評するより致し方がない。併しそれが悪いから御止《よ》しなさいと云ふのではない。事実已むを得ない、涙を呑んで上滑りに滑つて行かなければならないと云ふのです」（一九一一年「現代日本の開化」）

現在も、さして日本の根っこは変わっていないと私は思う。

物質文明と精神文明、拝金主義と清貧主義、国際化と国粋化、個人主義と全体主義、これらは相反するものとしてよりは、おたがいに補いあうものとして、日本の近代化を押し進めてきた。国際主義の反動として日本主義が来るのでなく、たとえうわべはそう見えても、国際主義の裏地がそもそもぶあつい日本主義なのだ。

一九九六年に吉本隆明はこう歌っている。

「われわれは一九六〇年代の黄昏に佇ってこう告知する／〈いまや一切が終ったからほんとうにはじまる／いまやほんとうにはじまるから一切が終った」（告知する歌）

だが、この日本の近代ではどんでん返しのように世の中が変わったことはなかった。全き否定と破壊が、全き創造を産むのではない。すべてが根絶やしにされることなく温存され、その中で再生が図られてきた。

いやいやなべての革命は、あらたな幻滅と抑圧を生むために行われてきたではないか。その意味では、日本の明治維新や敗戦は、上首尾だった、という声もある。

維新者

今日の日本の繁栄を思えば、日本の近代化は比類のない成功だった、それに目くじら立てて無残だの幽鬼の風車だの言うのは、天邪鬼《あまのじゃく》か世間知らずのロマンチストだと言う人もいよう。

だが、北村透谷や夏目漱石だけでなく、既に明治のはじめ、西郷隆盛は次のように言っている。

「文明とは道の普《あまね》く行はるゝを賛称せる言にして、宮室の荘厳、衣服の美麗、外観の浮華を言ふには非ず」（『西郷南洲遺訓』）

これは一八七五年の福沢諭吉の『文明論之概略』の「文明とは、人の身を安楽にして心を高尚にするを云ふなり。衣服を豊にして人品を貴くするを云ふなり」に、それは違うんじゃないと異を唱えたような一文だ。

どちらも、まっとうなことを言っている。ただ、言葉というものは、いつ誰が、背中で何を感じつつ、どこの誰に向かって言っているかが肝要なのだ。

あるいは維新当初、わが身は安逸をむさぼりつつ心は低俗となり、衣食住は豊かになったが人品はますます卑しくなった人間が成りあがった者に多かったということだろう。

どんな歴史にも、表舞台があれば舞台裏もある。光の部分があれば、影の部分もある。

それら歴史のおぐらい所に沈んでいった人々に対して、村上一郎は『非命の維新者』の「はじめに」で次のように追悼している。

「歴史はたけだけしいものであるとともに、あわれふかいものである。変革の時代のこの交錯に触れるとき、このような書を綴ってみる。他者を愛惜しているのか、おのれを鎮魂しようというのか、とりようはいくらもあろう（略）維新者は、本質的に、涙もろい詩人なのである。維新者は、また本質的には浪人であり、廟堂《びょうどう》に出仕して改革の青写真を引くよりは、人間が人間に成

るというとき、そのような設計図は役にたたぬことを知っているのである」（一九六八年）

維新者が涙もろい詩人で浪人だって、なあんだ村上一郎は自分のことを言ってるじゃないかと、今の私なら言うだろう。

だが一九六九年の秋、東大闘争が収束してまもない頃、この本を読んだ私は、そうだ村上一郎は俺のことを言ってくれてるんだ、と誠に素直に単純に思った。

大学に行かなくなった私は、既にわがやから勘当されていたので、働かなければならなかった。仕事は荻窪のガラス工場だった。工場といっても、細々とした従業員三名程の家内工業で、試験管の整形をやっていた。月に百時間残業してようやく三万円貰えるか貰えないかくらいの給料だった。

この職場を紹介したのは、既に村上一郎編集の『無名鬼』に詩を発表していた阿久根靖夫だった。彼が自分の工場に来ないかと誘ったのだ。やがて中国で客死した彼のことについては後述したいと思う。

ただ私には、人生の設計図より生活の繕いが切実だった。しかも浪人のくせに、酒と女に憑かれていた。

叛心

金も無いくせに酒と女から離れられない。ザマ無いなと思いながら、私は子供の頃覚えた俗謡をくちずさむことがあった。

〽相撲にゃ　ほたい負け
女《おなご》にゃ　ふられ
どこで男が　ヨイショ
立とかいな

私は「人間が人間になる」どころの騒ぎじゃなかった。村上一郎はこうも言った。

「人間はつねに変らねばならないが、つぎつぎとシッポをぬぎかえるようには、蟬脱《せんだつ》してゆくものでなく、ただおのれの意識の創点にまつわる栄光と悲惨の思いをかみしめ直すことによってようやく、痛い思いで心の一枚の皮膚をはぎ落しはぎ落し、人間になってゆくほかないのである」

（一九六三年『人生とは何か』）

「痛い思いで心の一枚の皮膚を」か、これはナマハンカなことじゃないぞ、だから痛い思いなんだな、と私は思った。

今晩のことも、明日のことも考えられないような私の頭の中に、天神様の細道のような小道がおぼろげに現れたような気がした。それがどこに通じているのか、私がそこで何になるのか、私はわからなかった。ただ私はこうやって、大学を離れ、家を離れてゆくんだなと思った。

もちろんこれは、私が叛逆児になるとか、体制からはみだした者を目指すということではなかった。

私が一番嫌いだったのは、往時の学生活動家だった。借り物の言葉を弄《もてあそ》び、いかにも正義の使者のようにしてしかも群を成している人間の皮膚は、私には心の一枚どころか、初夏のトカゲのようにでらでらとぬめりをおびて感じられた。

大学入学時のオリエンテーションや大学闘争が始まってから、私は彼らとしばしば議論した。この目の前の現実の矛盾や時代の要請に、お前は気付かないのかと、私はさんざん言われたものだ。

私は彼らに答えた。

「矛盾がないと立ちあがらない。要請がないと異を唱えられない。フンだ。俺の精神はそんなヤワじゃないぞ……。どんな時代でも、どんな所でも、俺自身や他人や世界への喜びや悲しみやはがゆさは、俺の心から溢れ出るのさ。それこそ君たちの言うユートピアでも、お浄土でも、俺はやっぱりぶつくさ言ったり、しまりなく笑うだろうね。じゃあ反対に聞くけど、君たちの革命が成就したあかつきには、俺みたいな奴はどうなるんだ」

すると中の一人が、革命評議会の議長のような顔をして言ったものだ。

「お前みたいな奴は、真っ先に、ギロチンだね」

それでも、心の中から溢れ出るものがあった。心の中を吹き抜ける風があった。

三島由紀夫は、この風を「叛心《はんしん》」と名付けた。あるいは村上一郎は、次のように歌っている。

「窓辺しろくそめ野かるかや星に涵《み》ち叛逆の理をわが追ふあはれ」

もちろん、叛逆することや自刃することが、人生の目的ではない。

青雲の志

叛逆なんて滅相もない。滅私奉公はナンセンスだけど、ことさら異を唱えずことさら奇を衒《てら》わず、自然に人並みに生きればいいんだよ、と言う人もいよう。誰の世話にもならず、誰の世話もせずに生きていたいと言う人もいよう。あるいは、みずから足るということを知ること、やはり謙虚でなきゃあと言う人もいよう。

しかし、何が自然か何が人並みかということをひとたび自問した心には、既に自然のままとか中庸《ちゅうよう》とかいった水の止まったような状態は訪れないのだ。三島由紀夫は書いている。

「ひとたび叛心を抱いた者の胸を吹き抜ける風のものさびしさは、千三百年後の今日のわれわれの胸にも直ちに通ふのだ。この凄涼たる風がひとたび胸中に起つた以上、人は最終的実行を以てしか、つひにこれを癒やす術を知らぬ」(『日本文学小史』)

最終的行為でしか癒せぬと言うところが、三島の三島たるゆえんだろう。

私たちは胸を吹きしおる風に吹かれつつ、時にそれをやりすごし、時にそれに気付かぬふりをしながら、日々巷《ちまた》へくりだし、山に入り、海に出る。しかも叛逆を生きるという当人が、世に背くよりもはるかに軽やかにそして深く、ほかならぬ時代や隣人たちから背かれてあることだってよくあることだ。

それでも、いやそれだからこそ、私たちは呟く。

――この胸の風を、誰とわかちあおうか、誰に打ちあけようか、誰がわかってくれるだろうか。

村上一郎は、こうも言っている。

「人間には、世のなかに生きてゆく方法とかやり方という以前に、生き死にを決定する態度というものがあると思います(略)わたしは、ためにする勇気や気概の強調や、志士風の自任をあまり好みません。わたしはいつも強いられつつなお耐えてゆく勇気や希望を言っているのです」(一九六八年「『情況の思想』を超えるものを」)

人間が人間になる、人間が人間らしく振る舞いたいというのは、どうしようもない向上心であろう。そこに自分を革《あらた》めたり、この世を革めたりする心がしのんでいないと、誰が言えよう。そしてこの向上心は、ロケットのように天頂を目指す時もあれば、時に寄り道や軌道を外れたり、時に空中分解したり、時に尻すぼみになる時もあるのだ。

村上一郎は「明治浪漫の詩心」（一九七一年）というエッセーの中で、与謝野晶子や北一輝に触れながら次のように述べている。

「青雲の志とは大臣や大将や博士になろうというものほしげなものであっただけでない、（略）立身出世も、放浪・零落も、ともに一個青雲の志を抱いて郷関を出でたものの覚悟であった」なるほど、と私はうなずく。ならば私がここで書こうとしていることも、叛逆のすすめじゃなく、叛逆のやすめであってもいいわけだ。あるいは、あらけきどころかあられもない生き方のすすめであってもいいのかもしれない。

狂信の父

村上一郎は父友二郎と母するゑの長男として、一九二〇年当時の東京市飯田町に生まれている。父が三番目の妻として彼女を迎えたのは一九一七年、既に友二郎は四十路の半ばを過ぎ、するゑは四十に手が届こうとしていた。

村上家が東京で暮らしていたのには事情があった。村上家の実家は栃木県那須郡佐久山町である。友二郎の父村上勘二郎は、明治元年の会津の戦いに乗じて、宿場町佐久山で一代分限となった人だ。

彼はメソジスト派の信徒だったが、大地主で金貸し業も営み、後に村上銀行まで始めた。そのせいもあって友二郎は青山学院に進み、アメリカで信仰修業を修めた。しかし、父は敬虔《けいけん》な信徒だったが、友二郎は不肖の息子だった。成金の家のヤソ狂いのボンボンというところだ。

「(友二郎は）村上の家を東北地方布教の中心とし、併せて向うで見て来たとおりの鉱山や果樹園や農場や馬車会社を興そうとした。そして、そのすべてに失敗したのである。御一新のどさくさまぎれに新興成金になった家のお坊ちゃんどもの、何かやりかけるのを、手ぐすねひいて待っていた街道筋の山師たちが、うまいことをもちかけて手に入れた白紙委任状が、村上の家の祖父母たちがえいえいとして貯め込んだ財産を、フイにした」（一九七五年『振りさけ見れば』）

友二郎は傾いた一家を立て直すべく上京したという。しかし起死回生の挽回をはかるというより、おそらく友二郎は故郷に居づらくなって、都へと逃れたのだろう。そこで妻を娶《めと》り、飯田町に家を新築したというのも、なかなかの総領ぶりである。

すゑは一八七九年生まれ。お茶の水女子大学の前身である女子高等師範学校を出て、甲府や大阪や沖縄そして大分の高校の教諭を務めたキャリアだった。ちなみに、浪漫的歌人ともてはやされた与謝野晶子は一八七八年に生まれている。

友二郎とすゑがどんな縁で一緒になったか、村上一郎は書いていない。

水戸という同郷のよしみで、誰かが引き合わせたのだろうか。あるいは下世話な話だが、四十歳を迎えようとした聡明な女性は、なんとなく人生最後のチャンスのようなものに賭けたのだろうか。それとも彼女は、アメリカ留学までした友二郎のいかにも人と育ちの良さそうなところに惹かれたのだろうか。利発な女性たちが、時としてろくでなしの男に心を寄せるというのは、よくあることだ。おそらく彼女たちには男性の口数の少なさやちょっぴり風変わりなところが、自分たちを優しく受けとめてくれる器量の大きさに映るのだろう。

もちろん、友二郎とすゑが結ばれて村上一郎が生まれたのだから、こういう下司の勘ぐりはどうでもいいことだ。しかし、私にはどうもこういう下生《げしょう》で下品《げぼん》なところがある。いずれにせよ、すゑの母に言わせれば、すゑだけが「とんでもないところに嫁入って」（同前掲書）しまったのである。

震災

村上一郎の記憶は、一九二三年の関東大震災から始まっている。三歳間近の時だった。新築まもない飯田町の家はあっという間に灰となり、一家は着のみ着のまま焼け出された。しかし父の友二郎は十字架を背負ってはいたが、一家を背負うような人ではなかった。一家は栃木県は佐久山の実家へと都落ちするしかなかった。

汗臭い避難民列車の中で、身重《みおも》の母が村上一郎を抱いていた。だが父は片隅で、「貧しきものは幸なり、アメン」と、ひたすら神に感謝の祈りを捧げていたという。

被災した一家を迎える故郷の人々は冷ややかだった。負債がありながら、かつて生地を涼しい顔でずらかった友二郎である。祖母にしても、もともと息子の上京には反対だった。それ見たことか、と言わんばかりだっただろう。

やがて村上一郎の弟の近が生まれる。そして四十六歳の母は、一家の大黒柱となる。

「母が、はっきりと父の無力にあきらめをつけ、この男に家族を扶養してゆこうとする意思さえないのを知って、旧い宿場町の家を捨てようと決心したのは、弟が生まれて一年ほど後、大正も末年のことであった」（『振りさけ見れば』）

二人の乳幼児を抱いた母親にとっては、貧しさは幸福でも救いでもなかった。友二郎にとっては懐かしい故郷かもしれなかったが、「父の三番目の妻として嫁入って来た東京育ちの母には、旧い因襲と向上心のない田舎町であった」（同前掲書）

母はみずからツテを頼って職を探し出した。そこで一家は、職場のある宇都宮へ引っ越している。再び故郷の人々の冷笑を浴びながら――。

「燃えさかる炎のなかに青山玄一の記憶ははじまる。炎はまず劫火《ごうか》であった」

これは自伝的短編小説である「炎」の冒頭だ。一九六〇年九月、吉本隆明と谷川雁と村上一郎の三人で創刊された『試行』に発表されている。ここで吉本隆明は「言語にとって美とはなにか」の連載を始めている。谷川雁は客気《かつき》溢れたエッセイを発表している。村上一郎もふたりの向こうを張るようにして、小説を書いたに違いない。

おそらく村上一郎は、自分の未生から出生までの無明の闇のような地点に立ち返ることで、六〇年安保後の自分の再出発のようなものを確かめようとしたのだろう。無明の闇に燃えるのは、大震災の劫火であり、それはまた自身の業火でもあった。

文学者や芸術家、時には犯罪者にも、必ず負い目のようなトラウマのような出発点がある。村上一郎が劫火の中から生まれたと書いた時、彼はとにかく常ならぬ自分の生い立ちと、これからのただならぬ生き方を視野に入れていたのだ。「炎」には、こんなくだりもある。

「いつも新たな屈辱の意識に身をおくために、少年の日の思いは大事なのだ。そのことの大事さを忘れた日に、ひとは（略）いやしい精神のどぶにまみれて死ぬのだ」

屈辱

屈辱こそが精神のはばたきの原動力になるとは、穏やかじゃない。少年の日の屈辱的な思い出には、何はさておきカウンセリングを、と昨今の教育心理学者なら即座に言うところだろう。「辱」とは、はずかしめのことだ。ただ一九六〇年前後、屈辱や恥辱という言葉は村上一郎に特有なものではなかった。谷川雁や吉本隆明だって、これらとなじみが深かった。たとえば谷川雁に次のような詩句がある。

「あさはこわれやすいがらすだから／東京へゆくな　ふるさとを創れ／／おれたちのしりをひ

やす苔の客間に／船乗り　百姓　施盤工　坑夫をまねけ／かぞえきれぬ恥辱　ひとつの眼つき／それこそ羊歯でかくされたこの世の首府／／駈けてゆくひずめの内側なのだ」（「東京へゆくな」）

ここではひとりひとりの恥辱がよりあわされてコミューンの原点となるということが歌われている。

吉本隆明はもっと直截《ちよくさい》に次のように歌っている。

「とほくまでゆくんだ　ぼくらの好きな人々よ／嫉みと嫉みをからみ合わせても／窮迫したぼくらの生活からは　名高い／恋の物語はうまれない／ぼくらはきみによって／きみはぼくらによって　ただ／屈辱を組織できるだけだ／それをしなければならぬ」（「涙が涸れる」）

あるいはこの屈辱という言葉に、私たちは聖書の中の「私は自分の弱さだけを誇るつもりである」という句の弱さを重ねてもよい。あるいは屈辱とか弱さとか辛酸とか言わなくても「何糞っ！」というような言葉に置き換えてもいい。何が上等で、何が下等かということではない。大事なことは、それをいかに長く持ち続け、それをもとにその人が何をしでかしたか、ということなのだ。

いずれにせよ、屈辱という言葉や敗北や挫折という言葉が、生き生きとした輝きと重みを持っていた時代だった。それに比べると、昨今の負け組や負け犬のなんといじましいことか。

つまり、ひとりの人間が屈辱をテコにして世界と対峙したり、世界に匹敵できたのだ。いささか羨ましげに言えば、素直に自分と世界が信じられた時代だった。

屈辱で道草を食ったが、村上一郎の幼年期に戻ろう。思い出とは現在に再生された過去のことだが、彼の場合、常に屈辱のフィルターで漉《こ》されねばならなかった。

そのフィルターから濾過《ろか》されたものが母であり、濾過されないものが父であった。父はうとましかった。一方、母は厳格であり志操が高かった。村上一郎の母の思い出には不思議と、母の優しさや甘さがない。

関東大震災で焼け出された時の思い出がある。村上家に残されたものは、母が幼い彼をくるむようにして持ち出した一枚の蒲団だけだった。

「火の粉の穴がいくつも残るその蒲団を、母はこの不幸の唯一の記念物として、毎年九月一日午前十一時五十分になると、それを前にして、黙禱した。わたしもそれにならった。この習慣は以後二十何年つづいた」(『振りさけ見れば』)

厳格な母

大震災の忘れ形見の焦げた蒲団を前に、二十余年間村上一郎の母は何を祈ったのだろうか。劫火生涯忘れまじと、それこそ毎年新たな戦慄と屈辱に身を置いたのだろうか。それとも母は、夫をもわが身をも恨みざらまし、とひたすら生きてゆくことを誓ったのだろうか。

やがて大正から昭和になる。村上一郎は母の勤務する女子師範学校の附属小学校に入学している。

一学期の通信簿をもらった時のことだ。なべて成績優秀の甲であったが、中にひとつ修身か何かが乙であったという。母はそれを見て、教鞭をとる者の子がそれでは面目が立たないと、即日転校の手続きをとった。

村上一郎はこのことを、「水戸系の人に多い、母の非常によくない癖か、こういうことはその後にもあり、孟母三遷を地でゆく、見識ぶりを母は子の前に見せつけた」（『振りさけ見れば』）と述懐している。

母は水戸藩士の娘だが、水戸系の人に多いとは、志高い頑迷さとでも言うべきものだろうか。孟子の母どころか、実に猛烈な母だった。

彼女はまた、夫の信じるキリスト教に入信しなかった。それどころか意固地なまでの国学の徒だった。もうひとつエピソードを付け加えよう。弟の近の名前についてのものだ。

近の名は、天国は近しという聖書の句にちなんで父が名付けたという。しかし母は昭和天皇のご成婚の慶事にちなんで慶次と名付け、「ために弟は成人するまで、家では慶ちゃんとか慶坊とか呼ばれ、学校では近と呼ばれた」（同前掲書）という。彼女にしてみれば、自分たちをどん底に突き落としといて、のほほん顔してゴッド・ファーザーぶりなさんなよ、というところだろう。産んだのは私、育ててゆくのも私じゃないかと。

さらに母の厳格さを象徴するような十歳の時の出来事がある。

一九三〇年九月二十四日、村上一郎が満十歳になった時のことだ。母は赤飯を炊き、床の間に兄弟を呼び、村上一郎に備前長船の刀を与えたという。

「一郎は長男だから、この太刀を与える。今までは、家の刀としていじくっていただろうが、今日からは自分のものとして、常時不断身辺におき、手入れも怠らぬように」(同前掲書)

母は村上一郎に稚気を捨て去り、自覚を促すためにこういうことをしたのだろう。さらに村上一郎の稚気も並大抵ではなかったのだろう、と私は思う。

刀は武士の命、そして分身だ。しかし逆に私には、刀は母の分身として村上一郎の中で生き続けたのではないかと思われてならない時がある。

たとえば三島由紀夫の小説には、「自分が死ぬことを母は許してくれる」(『大障碍』)母が登場する。三島の中では、この母が祖母になったり同性愛者に転化することもあるのだが、村上一郎には、自分が生きることをひたすら刀に問い続けたようなところがある。その刀の背後には、いつも母がいた。

割礼

意志が強く厳格な母。しかし、村上一郎が母を語る口ぶりは、どこか滑らかで誇らしげですらある。

それはそうだろう。本当に厳しいだけの母なら、母の厳しさなど思い出さないものだ。思い出しても書きたくないだろう。

むしろ村上一郎には、母の厳しさで自分を縛り、自分を戒《いまし》めることを楽しんでいるようなふうさえ感じられる。この母の存在は、彼の女性観にも深い影を落としている。

「わたしの対女性観にはエディプス・コンプレックスとでもいうものが、まといついているのである。自分の父を敵視し、異性の母をわがものにしようとする性格傾向である」(一九七三年「女の美しさ」)

もちろんこの程度のことは誰にでもあることだ。父が俗世間の象徴に思えたり、父の無力さが腹立たしかったり、母を父からかばい立てするように父と敵対することも。

小説『割礼』(一九六一年)は生まれて八日目、わが子に割礼を施そうとした狂信の父から赤ちゃんを奪いとった母の話から物語は始まっている。

この古代キリスト教の儀式が作者の中では、おぐらくわだかまっている。まるで断種手術か去勢のようにである。医学的な意味では、この小説の筋と展開は、拙劣というより破綻していると言ってもいい。だがそんなことより、いたいけな体に傷をつけられかかったと思うことが彼にとっては切実だったのだ。自分が男を男たらしめる儀式の主人公というより、古代の秘儀のイケニエに思われたのだ。

ただ『割礼』の中で村上一郎が興味深いのは、父を憎み斬りつけた返す刀で、母をも斬りつけていることだ。

「父をにくめ、狂信者をにくめ、だが、母をも、にくんでやるのだ。どうせ自分のまわりには、いいひとなんかいないのだ」

なぜ彼は、母を憎んだのだろうか。それは割礼を施そうとした父から赤子を奪いとった男まさりの女の手が、「すでにつややかな女性の膚の色を喪い、黒ずみ、枯れはじめていた」からである。俗に四十の恥かきっ子と言われる。村上一郎は母四十歳を越えての子だ。私もまた母親四十五歳の時に生まれた。むろん彼は長男、私は母の十番目の末っ子だ。村上一郎が十歳の時に与えられたのは日本刀、私は野球バットだった。時代も家風も大いに異なる。

それでも私も人前や学校で、母親を憎んだ。「おばあちゃん」と言われるのが好きでなかった。母の踵《かかと》のヒビ割れや水仕事によるアカギレ、ふくらはぎの青いミミズ腫れの静脈瘤など、見るのは辛かった。それは父のせいだと思った。それをさせる父も、それに従う母も許せなかったが、何よりもそんな両親を持つ自分が許せなかった。

村上一郎も、母の苦労姿を見るのは忍びなかったのだろう。

しかし、私なら「母をも、にくんでやる」とは書かない。母を憎むより、自分を呪うだろう。

主戦場

村上一郎は小説の主人公に、若くて美しい母親は美しい故郷と同じくらい空しい宿題だ、と言わせることもできただろう。しかし、父を憎み父を斬り、返す刀で母をも切ってしまう、これが村上一郎なのだ。

右のついでに左も、上のついでに下も、父のついでに母も、対句の調子ではないが、なべて対位するものことごとくを薙《な》ぎ払ってゆき、そのはてに顕《た》ち来るものを村上一郎は待った。

むろん母を斬るといったところで、そこには遙かないとおしさもこめられていた。晩年彼が、「私はほんとうに幸せに育った。生きがいのある少年時代をわたしはもてた」(『振りさけ見れば』)と回想している通りだ。

村上一郎は武ばったところがあると自認していたが、どこかスマートでハイカラだった。少なくとも、私にはそう思えるようになった。

その彼の思い出の中に、ヌカミソ臭い母がちょっぴり登場する。自伝的小説の「炎」の中のことだ。

主人公の青山玄一は小学生の頃、納豆屋の手伝いをしている。その駄賃を彼は大黒様の貯金箱に入れているのだが、ある日母がそこから小銭を拝借するのを目撃する。

今ひとつは、母の内職の姿だ。知事夫人が家計の助けにと、能筆の母に代筆を頼んだのである。

「一本書き上げると、リョウマチスに痛むその手頸を、玄一は弟に手伝わせて湿布する。真鍮の金だらいは、せまい部屋に湯気をこもらす」

母に死なれてから私にとってこの類の思い出は、むしろ至福となった。しかし村上一郎にとっては、依然屈辱のひとときだった。

水戸藩士の末裔である母親にしても、慎ましやかに生きるべきことは充分にわかっていただろう。だが、村上家を見舞ったのは神ではなく債鬼であり、清貧ではなく赤貧だった。たしかに心貧しき者は幸福である。しかし、ドストエフスキーではないが、極端な貧しさは人を卑しくするだけだ。

人間はいくつになっても親は親、子は子だ。村上一郎も母を語る時、彼は妙にませくれてはしっこくて、そのくせ茶目っ気のある子どもになる。

それは母方の叔父で、二・二六事件に巻きこまれた時の鉄道大臣内田信也や、水戸に流れ着いた村上家の祖先を語る口ぶりにも表れる。じつに滑らかで、誇らしげなのだ。

――いずれ名のあるお方とお見受け致しましたが、もしやあなたは、という貴種流離譚《きしゅりゅうりたん》を地でゆく感じなのだ。

人によっては、なるべくなら自分のおぐらい過去や逆に晴れやかな来歴や出自は、隠しておきたいという人だっている。しかし村上一郎には、なるべくなら喋ってしまおうというところがある。

村上一郎はいついかなる時も、まずは相対し、口上を述べ仁義を切ることから始めなければ気の済まない人だった。

書くことが常に、人生の主戦場だったのだろう。

危急の人

満十歳の時に元服まがいのことをさせられたり、北一輝を論じたり、最期は自刃したりとなると、村上一郎はさぞや武断の人と思われるかもしれない。しかし彼は、スマートでダンディな人だった。

村上一郎はみずからの青春期を、市民社会青年と呼んでいる。軍国主義青年でもナショナリスト青年でもマルクス主義青年でもない。市民社会青年とは、十八世紀の市民社会に範を求める青年だ。奴隷になることも欲しないかわり、圧政者たることも欲しない青年と言えばいいのだろうか。

事実、村上一郎の卒業論文は『近代国民国家論成立史序論』だ。そこではジョン・ロックやルソーなどの著作に基づき、イギリスやフランスの市民社会が成立した経緯が論じられている。彼はこれを、海軍士官として勤務しながら望楼上などで書き続け、昭和十九年末、師の高島善哉に提出している。

この頃は、日本の近代を超克しようというより、なんとか日本に十八世紀のヨーロッパ社会をと思う青年であった。ただ、村上一郎は発想は強くても、論理や体系を組みあげてゆくのは苦手だった。ロックやルソーの文献に浸りながらも、高島善哉からは、どうも君の読みこみ方には水戸系の人らしいところがあると言われたという。これは、いくらワグナーのオペラの曲を朗唱しても、節まわしがどうも義太夫だね、と言われているようなものだ。

水戸系と村上一郎が言う時、そこには性格の頑迷さという意味がこめられているのだが、村上一郎には今ひとつ「天下を危急の地に置く」という思いも並はずれて強かったような気がする。言いかえるなら、天下の危機を醸成したり、みずから進んでその危急の地に赴くということだ。

高等学校から大学、そして軍隊においても、さらに戦後のジャーナリズムの中でも、彼のこの性格はよく発揮されている。

時勢に感ありと思えば、居ても立ってもいられなくなるのだ。物見高いと言ってもいい。たとえば敗戦まぎわ、海軍主計中尉であった村上一郎らは、軍需産業の行きづまりを打開する手だてを打ちながら、さまざまな画策や陰謀を企てている。

横須賀の陸戦隊を東京に入れてクーデターをやり、政権を海軍に取らして沖縄戦を海軍の主導権で行い、四分六分か三分七分で米国と引き分けて国内を改革しようとか、近衛首相の暗殺までも考えていたようである。

これらは机上の空論や妄想として、ことごとく未然に終わった。やがて八月十五日がやって来る。

彼はその日のことについて、『戦中派の条理と不条理』（一九五九年）の中で次のように記している。

「志おとろふる日、ぼくにとって、人生は八月十五日で終わっている。死ぬべきであった。十五年は蛇足であった。が、魂の、ふと美しく偉大なものに触れてゆくとき、ぼくの人生は、今日よりはまだ遙かに、遠くある」

蛇足の戦後

死地を潜りぬけた者が生きのびた後の日々を、余生と思いなすのは珍しいことではない。しかし、村上一郎が一九五九年に、「十五年は蛇足であった」と書いたのには、もっと彼なりの自省がこめられていた。

村上一郎は復員すると三菱化成に就職している。しかし伝書鳩のようなサラリーマンの生活は、彼にとって陸《おか》にあがった河童のような日々だった。そこに村上一郎の舞台はなかった。やがて彼は日本評論社に入社し、ルポルタージュを書き始める。彼は息を、ふきかえした。

そして村上一郎は、一九四七年に日本共産党に入党している。本人は「アカハタ」に発表された中野重治の詩「その人たち」を読んで感動したからだという。

「サヤ豆を育てたことについてかつて風が誇らなかったように／また船を浮べたことについてかつて水が求めなかったように／その信頼と愛とについて　報いはおろかそれの認められることさえ　求めなかった親であった人たち／この親であった人びとの墓にどの水をわたしたちがそそごうか」

さすがと唸らせるようなサビの部分だが、信頼や愛や無償という言葉が、まだ人間関係の中で重みを持っていた時代だった。おそらく職場の仲間と、ガード下のオデン屋のノレンをくぐるようにして、村上一郎も入党したのだろう。日本評論社は一九五一年、占領軍のプレス・コードに引っかかって首になっている。それから彼は出版社を渡り歩いたり、結核で三年程寝こんでいる。

一九五八年には、彼が師事した久保栄が自殺している。しかし一九五九年は村上一郎にとっては、いささか明るい年だった。

彼の『東国の人びと』の第一部『阿武隈郷士』と第二部『天地幽明』が理論社から発行された。また『久保栄論』（引文堂）も出版された。

記者や編集人あるいは同人というよりも物書きとしての思いが、彼の中に湧いてきたのではないだろうか。しかも日本の社会のみならず、文学界や論壇も、来るべき六〇年安保を迎えて異様なまでに熱っぽかった。

一九五九年十月、村上一郎は日本共産党を離党している。金を儲けに儲けた先祖の罪ほろぼしにと労働運動をやり、また誤りをしたと本人は述懐している。

そして彼は戦後十五年の自分の体験と責任を総括する意味で、『戦中派の条理と不条理』を世に問うたはずである。しかし、このエッセーは当時の論壇からは総スカンだった。荒正人や久野収といった進歩的文化人から批評される一方、江藤淳からも完膚なきまでにやっつけられた。

「村上氏はいかにも国士風に、『幸福な』(!)家庭生活を軽蔑してみせるが、その実、この何の変哲もない外貌《がいぼう》をもった現実に触れることを恐れている。このロマンチストは、そうするかわりに、ひとつの観念から他の観念へと、つまり『戦争』から『革命』へと、綱渡りをしようとするのである」(一九六〇年「『体験』と『責任』について」)

自立

江藤淳は村上一郎のことを、終始事を好むらしいこの憂国の志士は、戦争から革命へ綱渡りをしようとしている、と言い放った。

しかし一九六〇年は村上一郎にとっては、綱渡りどころか、文学という一生の大事業に相渉る年だった。

五八年に自死した久保栄との別れは、同時に社会主義リアリズムとの別れでもあった。

共産党との別れも、いっさいの党派的なるものとの別れを意味した。どんな大義にもどんな名分にも拠らず、また時代のどんな典型的な状況というものにおもねることなく、われとわが目と魂で確かめられるもの、それだけが信じるに足りると村上一郎は思ったはずである。危急の場は、社会にあるのではない、むしろ自分の中にこそあると――。息苦しげに、しかし颯爽と時代を走り抜けている吉本隆明や谷川雁を見ながら、村上一郎はふと、周回遅れの選手のように、あらためて自分の蛇足であった十五年間に、自責と屈辱を装塡したのかもしれない。

さいわい相ついで出た著書は、書くことが生きることであるという手応えを村上に与えてくれた。

屈辱という言葉を村上一郎はその後もよく使っている。一九六七年の『戦後史の思想的争点』にも、この言葉が登場する。

「わたしにとって、八・一五は、日本の権力にとってのだらしのない敗北であっただけでなく、そのだらしのない権力を傷つけることなく敗戦時を迎えねばならなかった日本人民にとっても『屈辱』であった。とりかえしのつかない負け方で、日本は負けたのだ。そして、とりかえしのつかない仕方で、〝戦後〟が始まったのだ」

私がこれを読んだのは一九七一年の時だ。

日本の敗戦がだらしないのはわかった。日本にはクーデターもレジスタンスも起きなかった。しかし、それらのことが、日本人民にとっても屈辱、となると私は首をかしげた。あるいは村上一郎は、自分たちの謀議が不発に終わったことをも言っているのかもしれないが、そこまで自分をいじめなくても、と私は思った。それに、国家権力は、子どもがママゴトのバケツを引っくりかえすみたいに、そうたやすくは転覆できないものだ。

さらに私はこの箇所を読んだ時、東大の安田講堂事件のことを思い出していた。誰かが、どうせやるなら、一人ぐらいあそこから飛び降りても良さそうなものを、と言ったらしいのだ。私はそれを聞いた時の、なんとも言えない気分を反芻《はんすう》していた。その時私は内心「そうですか、あなたなら、死ぬんですね」と思うほかなかった。私は村上一郎に言いたかった。

「私にも屈辱はあります。しかし、私は原点となる体験も、拠点となる場所も拒否します。持ちたい人は勝手にどうぞ。戦争だって戦いもしない奴が傷をひけらかしたり戦死者を利用しています。では戦争に参加しなかった人間には、思想を持つ意味がないのですか」

憤怒

村上一郎は戦後の民主主義について述べている。

「彼らの党派性は一の傘、民主主義の中に生きられた。平和憲法にもとびつけた。八・一五で飛び上って喜ぶばかりで、人民の『屈辱』を知らなかった左翼政治家・イデオローグが八・一五によって所有したのはこの名分であり、私がやっと所有したのはこのようなどんな名分も疑ってみるためのスクリーンであった」（一九六七年「戦後史の思想的争点」）

「やっと所有した」という言葉に万感の思いがこめられている。村上一郎が屈辱と曲折のはてに手に入れたスクリーンは、しかし敗戦直後、坂口安吾や太宰治などは既に持っていた。

「半年のうちに世相は変った。（略）若者達は花と散ったが、同じ彼等が生き残って闇屋となる。（略）人間が変わったのではない。人間は元来そういうものであり、変ったのは世相の上皮だけのことだ」（一九四六年『堕落論』）

あるいは太宰治は『十五年間』（一九四六年）の中で「このごろの所謂『文化人』の叫ぶ何々主義、すべて私には、れいのサロン思想のにほひがしてならない」と書いている。

変わり身の早さだけが、日本人の不変の特性なのだろうか。私たちの世代の加藤典洋は、『敗戦後論』（一九九七年）の中で、押しつけられた憲法や不問にされた天皇の戦争責任を引き合いに出して、日本人の精神のよじれを指摘している。

文芸評論家の磯田光一は村上一郎の追悼文の中で、「敗戦国家の戦後とは『敵国と同盟することによって敵国を排除しようとする過渡期』として定義しうる」と規定している。そして彼は、六〇年代以降の高度経済成長下、反体制というものが体制化されてゆく中で、村上一郎が人をひきつけえた魅力を次のように述べている。

「村上一郎の戦後社会への憤怒が、古典ストイシズムへの固執としてあらわれたのにたいして、多くの人々にあっては、同じ心性が政治思想的可能性という意匠をまとってあらわれたのである」（一九七五年「風土的偏差について」）

私の村上一郎への共感やすり寄りも、あるいはこれに近かったのだろうか。

学園紛争の頃のことだ。アメリカの怒れる若者たちの詩を訳しながら、自分の足元で若者たちが鎌首をもたげると、とたんにうろたえる学者がいた。あるいは自分は火の粉も泥もかぶりきれぬくせに、事あらばまっさきに安全な場所に逃げ、やがておもむろにそこから大所高所からの見地と称して、エラそうなことを言う評論家がいた。

私は村上一郎の本を読んでうなずきながら、こういう時自分の親父なら、「馬鹿の知恵と猫のキンタマは、いつでもあとからついてくる」と言うだろうな、とふと思う時があった。むろん村上一郎はこうは言わない。彼はちょっと気取ってこう言う。

「松陰のような生き方は間違ったら大きな誤りを犯す。けれども、そう知りつつ人は後へ引かないのである」（一九七二年『草奔論』）

出会い

私が村上一郎とはじめて会ったのは、一九六九年の夏だった。

今ふりかえり、いささか時代がかった言い方をすれば、この年は私にとって回天の年だった。六九年の一月十八日から十九日、東大安田講堂の攻防を境に、紛争も終息に向かった。四月になり、銀杏並木が芽ぶく頃には、キャンパスの瓦礫も片付けられ、人も大学も何事も無かったような貌で春を迎えようとしていた。むろんうわべの季節とはうらはらに、多くの人間が徒労感や挫折感、そして無力感を感じていた。いわゆる消耗という奴だ。

再開される授業や試験を尻目に、私は大学におさらばした。友人に退学届を託した。五月だった。

そんなある日、私は桶谷秀昭の北村透谷論である『近代の奈落』を読んだ。桶谷は、その中で次のように述べている。

「現実に自己をオリエンテートすることをあたうかぎり拒否することによって、好むと否とに拘わらず思想者は情況の奈落に下降する。政治思想に見切りをつけ、生活の全敗を経て、透谷が辿りついた思想的乾坤を想定するとき、わたしは情況の奈落とそれを呼びたい」

情況の奈落か、これだよと私は呟いた。北村透谷も「君知らずや、人は魚の如し、暗らきに棲み、暗らきに迷ふて、寒むく、食少なく世を送る者なり」(「時勢に感あり」)と言っている。大学に見切りをつけ、必敗するであろう生活を思っていた私にとって、桶谷の文章はこよない励ましとなり慰めとなった。

砦の上に自分たちの世界を築くのではない、巷の片隅か屋根裏部屋みたいな所に、私は自分だけの世界を築くのだと言い聞かせた。

私は『近代の奈落』の初出誌が村上一郎の編集発行する『無名鬼』であることを知った。武蔵野市のアパートにいた私は、吉祥寺の古本屋で『無名鬼』を見つけた。私はまず奥付を見た。編集発行者は、「武蔵野市吉祥寺北町三ノ六ノ二五　村上一郎方」となっていた。

なんだ、近くじゃないか。私は交番で大まかな当たりをつけ、次に番地を追いながら吉祥寺の町を歩いた。村上家は成蹊大学の近く、プラタナス並木から路地を入ったこぢんまりとした家だった。

私は宅配便の青年のように呼び鈴を押した。するとのどかに高くくぐもった返事がして、片開きの板戸が開いた。私は狭くておぐらい玄関の框《かまち》のむこうに、まるで抜き身のように立っている一人の男を見た。

小じっくりと横に張っているのでもない、毛深くもない、脂ぎっているのでもない、私はこれが南方系でも公家面でもない、関東の顔だろうかとぼんやり思った。

私はヤクザが仁義を切るように、まず姓名と大学を名乗り、『無名鬼』のバックナンバーが欲しい旨を伝えた。『近代の奈落』のことを喋った。喋りすぎるくらい喋ってから、私はふと目の前にいる人が桶谷秀昭ではなく村上一郎であることに気付いた。

しまった、と思った。

しかし村上一郎は、自分のことのみを喋ることにかけては幼児以上の目の前の学生くずれを、おだやかに丁寧に応接してくれた。当時私は二十一歳、村上一郎四十八歳である。

おだやかに丁寧にというのは、四十八歳の私なら、自分だけ傷ついたような生意気な青年など、口をきく気にもなれないだろうと思うからだ。私は一冊百六十円の雑誌を六冊買った。

これが村上一郎との出会いだった。

『無名鬼』

村上一郎から買った『無名鬼』六冊を小脇に、私は武蔵野の野道を盗賊のように走った。噴き出す汗が心地良かった。

アパートの階段を駆けあがった。部屋に香を焚きしめた。私は「御文章」でも拝読するように『無名鬼』を頭上に掲げて読み始めた。

夕刻どき、一服した。バッハの無伴奏チェロ・ソナタをかけた。曇天の下、歓喜が甍《いらか》を越え果てしなく流れてゆくような気がした。階下の大家の老婆が、「岡田さん、レコード」と注意した。私は笑いつつ、音量を絞った。猫の額ほどの彼女の庭に、貧血したような平戸ツツジが咲いていた。

「きみも、元気を出しなさい」

私はツツジに愛想をふりまきながら、再び『無名鬼』の中に埋没した。

一九六九年五月下旬、全国の文学教師たちが「学生の反乱を学園の総反乱へ」と称して、大学を告発する集会を開いた。安東次男、高橋和巳、天沢退二郎、折原浩らの名前もあった。しかし、私には、もはやどうでもよかった。こんなことをするから、学生も甘えるしのぼせるのだと思った。

一方、大学を辞めると言った私は、わがやから勘当されなければならなかった。西荻窪の兄の家に、鹿児島の兄も集まった。

兄たちは口々に、「今はいいが、三十になったら、絶対後悔するぞ」と私を諭した。私は「三十歳なんて、三日後のこともわからないのに」とせせら笑った。

押し問答が続いた。埒《らち》があかないと見てとるや、鹿児島の兄が、いかにも九州から持って来たというようなセリフを口にした。

「どうしてもと言うんなら、以後、岡田家の敷居を跨《また》ぐな。義絶する」

待ってましたとばかり私は畳に両手をついた。さながらお代官様に申しあげるように淀みなく答えた。

「長い間、お世話になりました。皆様によろしく」

私は西荻窪から武蔵野市までの夜道を、脱獄囚のように走った。溢れ出る嗚咽《おえつ》と涙が心地良かった。

しばらくしてから、母から手紙が来た。ふるさとの川の六月の鮎解禁が来たという前置きのあと、次のように書かれていた。

「いつも夜るユメを見て哲也さんが顔色は青白くして居るユメを見るのです。母は色々と考へて夜る良くネラレぬのです。しかしどうにもできませんのです」

しかし、どうにもできませんのですと言いたいのは私の方だった。私は母のたどたどとした手紙を前に、こうやって自分は、親を離れ、ふるさとを離れてゆくのだなと思った。家を捨て、大学を捨て、逆に女性からは捨てられ、ひとりぼっちになってようやく私は一人前になった気がした。

情況の奈落か失意のどん底だろうか。だがこれは私にとっては、むしろ失意の絶頂だった。というのは、こんな自分に、ひとりくらいは大向こうから、デカシタと声がかかるくらいに思っていたからだ。村上一郎にも、私は軽く期待していた。お盆前の頃だった。

すると、彼は言った。

「大学を辞めるとか出るとか、そんなことはたいしたことじゃないんですよ。苦しげに弾圧や敗北を語る人は、笑止ですね。そんなに面倒臭い大学なら、さっさと卒業しちゃえばいいじゃありませんか」

村上一郎もわがやの回し者か、私は一瞬こう思った。さっさと卒業、たしかにこれは目から鱗の言葉だった。説得力もあった。

しかし、私は石となって彼の前に座っているだけだった。耳の中では、あくまでもどこまでもバッハのチェロ・ソナタが鳴り響いていた。

便乗嫌い

私が村上一郎の文章をはじめて読んだのは、一九六八年二月だ。「日本読書新聞」に載った「そんな市民に私はならない」という時評だった。

学生運動や市民運動が高揚してゆく世相や、それに便乗する知識人やマスコミを一刀両断していた。

「日本においては、志高くしてやむなく暴力に敢死することを辞さなかった者は、自らの暴を恥じるこころを喪《うしな》わなかった。一片の含羞なしに怪力乱神を語りたがる者の姿は、むしろ士太夫然と仁義の教えを垂れる者のポーズに類する」

村上一郎は浮かれうわついた日本に、真の暴力も真の革命もこんなものではない、こんなものであっては困ると言いたかったのだろう。また、ゲバ棒を武器と思うような学生など、戦争ごっこに現《うつつ》を抜かす小児に映ったのだろう。私もそう思った。

ただ私たちの先達が、戦後生まれのお前たちは本当の戦争を知らない、スネかじりのお前たちは本当の生活を知らない、欲求不満と経験不足のお前たちは本当の女性を知らないと言うと、私は黙って頭を下げるしかなかった。しかし、下げた頭の中では、いつも何糞ッという叫びがマムシのように鎌首をもたげていた。

「日本読書新聞」を前に、私は友人と笑いながら語り合ったことを覚えている。

「まあ、吉本隆明はなんでも本質論の人、村上一郎はとにかく倫理の人だね。俺たちがイカの下《げ》足《そ》の天丼もどきを食べようとしていると、吉本さんは、なぜ奴らは天丼もどきを食べなければならないかを、食べる時間の十倍くらいかけてきちんと論じるんだ。村上一郎は、そもそもそんなものを食べる必要があるのかどうか、ゲソ丼食って天丼食った気になるな、志が低いと激白するんだ。だけど俺たちは、腹ペコだ。目の前には、それしかない。しかも俺たちは食い逃げしたっていいと思ってるんだ」

私はこんなことを喋った。作家にケチをつけるというのは、弱い者をいじめるのと同じくらいの甘い快感を私たちに与えてくれる。むろんそれはたいてい、サッカリンの甘さなのだが。

こう言った私が、それから一年有余、村上一郎を訪ねることになろうとは夢にも思わなかった。まこと縁は異なものだ。そして、それを味なものと思うまで、私は多くの歳月を費やした。

村上一郎は時代を睨みつつ、時局に便乗するのを嫌った人だった。人を煽りたてることも人から煽られることも嫌った人だった。あるいは彼は煽らぬことで煽り、人に教えぬことで教えるというような、はなはだ含羞と逆説に富んだ人だった。

一九六九年の晩秋だっただろうか。『無名鬼』の三号分の定期購読料六百円を持参した折のことだ。玄関での立ち話で、士道も師道もカタなしだと嘆いた後、彼は吉田松陰の言葉を吟ずるように呟いた。

「妄《みだ》りに人の師となるべからず、又、妄りに人を師とすべからず」（「講孟餘話」）

いい言葉だった。しかし私は、自分が村上一郎の門を叩いていると思われるのがシャクで、太宰治の言葉を引用した。

「人は人に影響を与へることもできず、また、人から影響を受けることもできない」（「或る実験報告」）

彼は黙って頷いた。私が帰ろうとすると、彼は「あなたは日記を、書いているか」と尋ねた。私がハイと答えると、彼は笑った。

「日記は大事です。物書きには、二十四時間が全て文学ですから」

私ははじめて、褒められた気になった。その日記が今も残っている。

ナルシシズム

一九六八年から六九年にかけての、私の日記のようなものがある。ようなものと言うのは、それが日記を抜き書きしたものだからだ。

「時代が美しかったためしはない。時代はいつでも暗い」だの、「日記には冷ややかな嘘を書くべきだ」だの、青年のナルシシズムが臆面もなくという感じだ。

「日記の恥ずかしい所は破きました。これは嘘」

こう書いているのは、私が太宰治を愛読していたからだろう。

おそらく私は、死ぬか生きるか、ふんぎりをつけるつもりで、日記を書き直したのだろう。しかし、遺書にも身辺整理にもなっていない。よくもまあぬけぬけとと言うか、おめおめとと言うか、こんな調子だから、死ぬのはポーズだけで、死にきれなかったのだろう。

東大の、いわゆる安田講堂事件が起きたのが一九六九年一月だ。私の日記もどきは、その前後六カ月にわたっている。

日記に表れた私の考え方など、取るに足りないものだ。ただ往事の私の周囲の、時代の火照《ほて》りのようなものはそこはかとなく感じとれる。

一九六八年四月、大学二年生になった私は、真面目に不真面目を演じているような学生だった。大学へは行くものの、構内を素通りして、友人のいる喫茶店で、『少年ジャンプ』、『少年チャンピオン』や『ガロ』といった漫画を読んだり、仲間うちで麻雀《マージャン》を打ったりしていた。また自分たちで哲学文学研究会というたいそうな名前のサークルを作り、マルクスやサルトルなどの読書会もしていた。

映画や演劇やジャズが課外授業のようなものだった。あるいは、コンパと称する飲み会では、ただもう自分が、いかに沢山本を読んでいるかとか、理解が深いとか、はてはいかに自分が他人よりユニークであるかなどを、さながらさかりのついた猫のように叫びあったものだった。むろん、個性個性というくせに、私たちの言葉はいつだって、一夜漬けのようにして仕込んだ、自分の心酔者たちの受け売りだったのだが。

日記の中で、私は書いている。

「わたしたちは不安だから漂う。漂うから不安なのだ」

だがいくら気取ってみても、私は心から大学生活と都ぶりを楽しんでいた若いおのぼりさんだった。

一九六八年の一月下旬から、東大医学部はストライキに突入していた。この頃からクラスでは、アメリカの原子力空母エンタープライズ号の佐世保入港を阻止する議論が戦わされた。

ホーム・ルームに先輩面した学生活動家が毎日来て、私たちを丁寧に脅したり、下手に説諭したりした。私たちも、担任をやりこめたり、授業を止めさせて討論会に切り換えるのを、いささか得意がっていた。

佐世保に行くか、行かないか、それを激しく迫るオルガナイザーに、私は言ったことがあった。

「昔、佐世保の近くじゃな、踏み絵でもって、バテレンかそうじゃないかを試したそうだけど、佐世保に行くか行かないかで、人間であるかどうか、良心があるかどうか、そんな物言いはよした方がいいよ」

すると彼は言った。

「お前、九州人だろう」

私は答えた。

「ああ、九州だよ。まだ出て来たばっかりだよ。ムショじゃないけど、あといっときは、帰りたくないなあ」

彼は、目を三白にして、クッと鼻を鳴らした。そして以後、私に話しかけようとはしなかった。

好みと文体

付き合っている異性で、衣服や食べ物の好みが変わることがある。歌風が変わる歌人もいる。顔相が変わる人もいるくらいだ。同じように、若い頃は、付き合っている本で、文体や字体まで変わるものだ。

私の日記からも、私がその頃、どんな作家にぞっこんだったかが、すぐに見てとれる。

一九六八年三月、東大の卒業式は中止になった。四月四日には、アメリカの黒人解放運動指導者のキング師が暗殺された。またフランスでは、パリ五月革命と称して、カルチェ・ラタンの解放区で学生や労働者と警官が激しく衝突した。

五月二十三日には、日本大学の経理の二十億円もの使途不明金をめぐって、日大ではじめてデモが行われた。

オオっ、やるじゃないか。私はびっくりした。デモは二百メートルにも及んだ。

「大きいことは、いいことだ」

私は日大の友人に軽口を叩いた。五月三十日の日記に私は書いている。

「ぼくは文学へも革命へも憑かれない。それは星のような〈ことば〉だから。反革命へも憑かれない。馮かれたように現実と自己を凝視めるだけだ。眼孔へはいりこむ抒情の触手を炸裂せねばならない。ぼくは連帯をめざして孤立をいとわない」

眼孔へはいりこむ抒情の触手を炸裂せねばならないとは、おだやかでない。中野重治ふうに言えば、さらりと「おまえは赤ままの花やとんぼの羽根を歌うな」というところだ。

私のこの言い回しは、きっと北川透を気取っていたに違いない。

事実六月五日には、「北川透より葉書」という一文がある。

おそらく私は、彼が当時発行していた詩誌『あんかるわ』の購読申し込みか、あるいは六月一日付で発行された彼の詩集『眼の韻律』の注文ついでに、何やら書き送ったのだろう。

領収がてらの葉書だったように思う。胡麻《ごま》を潰したような字が、葉書の表下にまで、びっしり書かれていた。私が著者からもらった初の来信だった。日記に書きつけていたのは、余程嬉しかったのだろう。幼い頃、熊本市の藤崎台球場で、川上哲治のサインをもらった時のような、ニッとした喜びを私は感じたのかもしれない。

『眼の韻律』の「あとがき」には次のような一節がある。

「戦いが敗れたとき　きみはすでに勝者だったから　敗れたものが勝つことのないたたかいを

はじめている　やさしさが視えない」

私はこれを読みながら、じつは戦ったことも、勝ったことも、敗れたこともないくせに、そうだそうだと膝を叩いたのだろうか。それとも、このフレーズは、どこかで使えるぞ、と思ったかもしれない。

六月七日、私はクラスの代議員に選ばれている。なんのことはない、活動家の巣のようなクラスの中で、私はノンポリの調整役のようなものだった。

私は日記に書いている。

「風化の極みまでゆきつくこと。頽廃をくぐりぬけないで、どんな思想もありえない。そして、頽廃の道をまっしぐらに駈け下っているものは、いちいち頽廃なんて言わないものだ。もう頽廃なんてのりこえたと思っている奴に、おれは戦いを挑むのだ」

満喫とはいつも、腹八分を過ぎたところで訪れる。東京の学生生活を満喫するつもりでいた私は、時代のるつぼならぬ大学の野つぼのような所に、思わず足を突っこんだようなものだった。

瀕死の友人

酒や薬が無くとも、酔えるのが青春だ。青春はいつも、自分が一艘の小舟になったような気持ちで、時代の怒濤を漕ぎわたっている。あるいはそこで錐揉《きりも》みされている。

私はこんな時、「都市の空気は人を自由にする」というドイツの諺《ことわざ》を呟いたものだった。これは羽仁五郎の『ミケルアンヂェロ』で知った。

馬鹿のひとつおぼえか学生の下手なアジテーターのように、自由と独立と戦いが鼓舞されるこの本を、私はとても最後まで読めなかった。それに、いかにも世間知らずでいかにも育ちの良さそうなこの学者のいでたちを目にするたび、私はいつもエノケンの、「俺は村中で一番　モボだと言われた男」という唄を思い出した。

だが、私だとて、アイビールックや長髪に黒セーター、そして黒のブーツにいかれた昭和四十年代のモボに違いなかった。

一九六八年六月十四日、「久しぶりに野球」という一行がある。

体育の授業で野球をしたのだ。軟式野球だった。私は入学してまもなく、野球部の練習を観に行き、がっかりして帰ってきたほどだったから、投げる方にも打つ方にも自信があった。私はピッチャーをした。

四回ぐらいだっただろうか。私の投げた一球を、一人がセンターに、やや大きなフライを打ちあげた。

「センター、バック」

私は声をかけた。センターには、Sが守っていた。しかし、Sは背走するどころか、そのまま後《あと》しざりするではないか。

私は笑った。そして、ベンチの方へ歩み出した。そして、捕ったかなとSを見た時、Sは仰向けにひっくり返った。皆が笑った。

「下手糞があ」

再び私は笑った。だが、バッターが一塁を回っても、彼は起きあがらなかった。バックアップしたレフトがようやく返球した。ランニング・ホームランだった。私は舌打ちをした。その時、ライトが大声をあげて手招きした。Sはまだ寝ころんだままだ。ただならぬ気配に、野手も私も走り寄った。Sは激しく痙攣していた。血の気がなかった。

「救急車だっ」「水、みず」「安静がいい」「さわるんじゃない」

人垣の中でそれぞれが叫んだ。

やがて救急車が来た。それに私も付き添った。救急車はキャンパスを出たところで、サイレンを鳴らし始めた。私はSの足を、とにかくさするだけだった。

渋谷の坂を過ぎた。もうすぐ病院だ。救急隊員の無線で、それがわかった。

その時だった。Sはがばりと起きた。バネ仕掛けの人形のようだった。彼は大きく目を剝《む》き、そして叫んだ。

「バック・ホーム」

私は一瞬、ほほえんだ。なあんだお前、びっくりさせやがって、手のこんだ芝居だよ、だけど良かった、意識が戻って。私はSにこう呟きかけた。

だが彼は次に、野球場より激しく、昏倒した。車が揺れるほどの勢いだった。そして吐いた。救急隊員が慌てて、彼の吐瀉物《としや》を拭きとった。

病院に車は着いた。彼はそそくさとタンカで、病院の中へ、手術室へと運ばれていった。

「バック・ホームか、じゃあ、あすのホーム・ルームにでも」

消えてゆく彼の姿に、私は軽く手を挙げた。病院の空気すら、私には硬く透きとおったものに思えた。

私は瀕死の友人を見送る時すら、あきらかに自分に酔っていた。

二つの死

一九六八年六月十五日の日記には、こうある。

「樺さんの八周忌。そこに行くな。おまえは悲痛な顔をして、そこに行くな。怒りも哀しみも、誰とも共有するな。おまえの空洞をそこで売るな」

樺さんと言えば、六〇年六月十五日、安保闘争の国会デモで死亡した樺美智子のことである。その追悼集会に出るの出ないので、クラスでは連日すったもんだの討論会があった。「死を乗り越えて」と活動家が言うたびに、私は樺さんは踏み台でもハードルでもないぞと言った。そして死んでから後も政治的に利用される、戦死者もそうだ、死者はたまったもんじゃないなと思った。

しかも前日の十四日、一緒に野球していて病院に担ぎこまれたSが死んだことを、私はクラスの藤原利一から聞いた。藤原利一とは後に小説『テロリストのパラソル』を書いた藤原伊織のことだ。

私は藤原にSの最後の言葉が、「バック・ホーム」だったことを話した。藤原は遠い所を見るような目をした。

Sは「バック・ホーム」と叫びながら、家から一番遠い所へ行ってしまった。俺はそこへどうやってゆくのだろうか。彼の横顔はそう言っているようだった。だが決してその不安を、お互い打ち明け合わないことが、唯一の私たちの絆のような気がした。

藤原は集会に参加すると言った。

「そこに行くな、そこは死者すら売られる虚栄の町だ」。私はこう思いながらも、夕刻、デモにだけは参加した。藤原や級友と隊列を組んだ。

日記には「したたかにやられる」と書いている。私たちは蹴散らかされた蜘蛛《くも》の子のように、ちりぢりになった。日記は続く。

「藤原の所へ。雨ふる。午前二時着。テロリスト」

私は代々木八幡にある彼のアパートに転がりこんだ。四帖半に押し入れと出窓のような湯沸かしコーナー、共用トイレで風呂は無し、家賃一万円足らずの部屋だった。

だが、私はなぜ「テロリスト」と書いたのか。藤原に感じたのか、自分に感じたのか、自分たちのことをテロリストのおままごとをしているみたいに感じたのか、わからない。

翌十六日には、次のように書いている。

「藤原が、寝言で、やっぱり……内ゲバ……ナン……センス……だよね。告別式で厳粛な顔できず、Yとケンカ」

十五日の日比谷野外音楽堂の集会では、内ゲバがあった。私のようなどこにも属さない者は、まるでお客様か見物人のようにして、林立する角材と旗竿のそよぎとヘルメットのつばゼリあいを眺めていた。

〈仲間割れ〉を見て消耗し、さらに機動隊からこなされる。踏んだり蹴ったりだった。私は藤原の寝言を聞きながら、「こいつ、見かけによらず、真面目だなあ」と思った。

「Yとケンカ」とあるのは、Sの出棺後、焼き場へ行くバスの中で、私が異常にはしゃいでいたからだ。私はSの死を紛らわしたかったのだろう。人は悲しい時に、逆に明るくふるまうことがある。私は、当時流行っていた「帰ってきたヨッパライ」、「山谷ブルース」は好きだが、「自衛隊に入ろう」は好かんとか、そんな話を得意気になって話していた。

するとYが言った。

「静かにしろ、Sを殺したのは、お前だぞ」

私はグウの音も出なかった。十七日の日記には珍しく、「生きるには、時、所をわきまえること」などと殊勝なことを書いている。

ばらばら

和魂洋才という言葉がある。日本固有の精神と渡来の学問文化。それらを併せ持つことの大切さを言う時もある。たとえ木に竹を継いだようでも、言行が裏腹でも、肉にシリコーンを詰めたように見えても、とにかくひとつのほんわりとした日本人の姿なのだ。

しかし、固有の魂が必ずしも、古来の魂でない時もある。何をもって日本本来の魂とするか、人によってもさまざまだろう。

もしナショナリズムということから見れば、私にとって昭和三十年代は「揚げ底」のナショナリズムで、昭和四十年代は「底上げ」されたナショナリズムの時代だった。

力道山や水泳の山中毅選手は、前者の象徴だった。戦争に負け、身を屈し、欧米に背伸びして追いつこうとしていた時代だ。

昭和四十年代は、いささか肩を並べたような気落ちで、列強が見回せるようになった時代だ。それまでテレビＣＭに出る外国人と言えば、まさに真善美のお手本だった。しかし、ナショナルのクイントリックスのＣＭで坊屋三郎が外国人に、「お前、訛《なま》ってるな」と言ったあたりから、私たちは日本という国に自信を持ちはじめたのだった。

私が「揚げ底」でなく「底上げ」というのはそういうことだ。経済や情報、すべてにおいて、日本のことが世界のこと、世界のことが日本のことになってきた。

世界も日本も、音をたてて変わろうとしていた。ビリッケツの奴がトップに立ち、小さいものが大きなものを打ち負かし、大義や名分がティッシュよりも薄く軽くなろうとしていた。

スーパーマンとしてのアメリカも、ベトナムの敗北で、スーパーマンでなくなった。あるいは漫画『あしたのジョー』は、ヒーローはぼろぼろに砕け散ることで、はじめてヒーローたりえるということを示してくれた。

一九六八年というのも、まさにそんな時代だった。

ただ時代の動きから守られているものが、時代に疎くなるというのは、よくあることだ。東大の医学部もそのひとつだった。無給のインターン生の処遇など、今日から見れば当たり前のことに首を振らなかったのが、そもそもの発端だった。

六月十七日、医学部紛争で安田講堂を占拠した学生を排除するため、機動隊が導入されている。私は日記に書いている。

「六月十七日、機動隊導入。オールド・リベラリスト、擬似インテリゲンチャー……社会ファッシズムの元凶。何が俺たちが、過激分子なものか」

いかにもものわかりのよい、いかにも進歩的な人間ほど、自分の足元に火がつくと、とたんに固まってものわかりの悪さを示すものだ。私は彼らにあるのは、プライドの高さと保身だけじゃないかと見てとった。なぜか、私こそプライドと保身の権化のような人間だったから、私には彼らの姿が、見えすぎるほどよく見えたのだ。

しかし、他人がよく見え、世界がよく見えても、私たちの魂や才も、やはり合一されることはなかった。

私にしても、ボブ・ディランやコルトレーンを聴きながら、仲間うちでギターを弾く時は黛ジュンの「天使の誘惑」や一番嫌いな加山雄三の歌の伴奏をしていた。藤原伊織もマイルス・デイビスのトランペットを愛していたが、歌う時はザ・ジャガーズの「君に会いたい」を調子はずれで歌っていた。

ばらばらであることが、ひとつのまとまりであるような時代だった。

ストライキ

私には自分も他愛ないくせに、他人の他愛なさに鼻白むところがある。

一九六八年六月二十一日、知人から、パリの五月革命に呼応して神田でもカルチェ・ラタンを作ろうぜと呼びかけられた。知人は五月革命の時の落書きである「舗石をはぐとその下は砂浜だ」を夢見るような目つきで呟いた。私は、フン当たり前じゃないかと、にべもなかった。私は参加しなかった。そのくせ当日の日記には、「ぼくらの理性をストライキとして、爆発させねばならない」などと力んで書いている。

これまで自分のことしか考えなかった私は、代議員となり、無期限ストライキに向け、ようやく人のお世話をする気になったのだろうか。

だが、ストライキの動議は、いったん否決された。

「六月二十二日。食欲なし。頭脳錯乱。無期限ストへのあきらめムウド。それが何に基づくか。おまえを見ればわかる」

「六月二十三日。疲れたおれよ。いつでも後姿の太宰よ、中也よ。実感なしのおふくろよ。思　詩　死　私。なにも考えないほうがよい。どこか旅へ出たい」

自分自身に「おまえ」と呼びかけたり、「おれ」と言い聞かせたりのくたびれ様である。

そして突然、何を思ったか、六月二十四日の日記には、「ぼくは　弱く優しい人間がすきだ　ひとりの無名人の実在を世界と拮抗《きっこう》させるような人間がすきだ」と記している。

六月二十八日は、「藤原と新宿へ。亡霊のNと会う」と書いている。

Nはやはり級友だ。彼は吉本隆明を愛読していた。立ち話の中で、彼は過日吉本家に行き、夕食まで御馳走になった、スキ焼きだったと語った。

藤原伊織は、おおっ、良かったなと言った。私はこの無礼者めがと大声を張りあげそうになったが、がまんして鹿爪らしく、「やはり俺たちは、書いたものによって理解し合うべきだ」などとトンチンカンなことを言っただけだった。

しかし、本心は、うまいことやりやがってと妬んでいたのだ。俺はそんなミーハーにはならんぞと思いながら、こう思うことで、私はNよりさらにいじけたミーハーだった。

一九六八年七月五日、東大教養学部も無期限ストに突入した。私の日記には「今日から無期限ストライキ。深夜のバリケード築き。面白い」とあり、「疲れたふりするな」と付け加えられている。

ただ、喜色満面かと思いきや、次のような詩句らしきものも書いている。

ものふりた
舎利殿の木目
深夜の村落の
寝物語をひきさくように
ふりつづけた冷雨
あをい亜麻の
花のむこうで
白い海がふと
息絶える
雪落としの粉雪の

舞いおちる音が――

夏歌う冬の歌、もしくは変動の日に歌う冷静の歌といおうか。いささか逸《はや》る心を押さえるように、私はこんなものを書いたのかもしれない。それともこの前年プロボクシングのチャンピオンになった藤猛なら、「岡山のオバアチャン、カッテモ、カブッテモ、オヲシメル」と言ったかもしれない。

そして、七月六日、はや私は大学と刺し違えるような気持ちになっている。

「戦うのにスローガンはいらない。要求なんて、いつでも獲得できる。恢復できないのは、蝕まれたぼくの実在だ。一体、おまえのほかに、誰を組織し、論理化してゆこうというのか」

死者の鞭

一九六八年の秋、大学ストライキ中の私は、二十四時間放課後のような日々を過ごしていた。私は藤原伊織や友人の家を泊まり歩いた。徹夜麻雀は徹夜討論に切り換えられた。私は深夜のアルバイトをしては、映画を観、本を買った。クラスで手作り新聞を出し、それに詩を載せた。そのくせ、仲間うちの戯《ざ》れ合いや傷の舐め合いを嫌ったふしがある。日記には「必ず帰宅せよ、人の妨げとなるな。律せよ」と書いている。だが、一番人の妨げとなったのは、ほかならぬ私自身だった。

あるいは十月六日の日記には、「あらゆるたたかいは　ひとりでしか　たたかいえない　ひとりによって　しんにたたかいうる」とメモしている。まるで後退戦のような述志だ。

十月八日には、「羽田闘争一周年　山崎君・ゲバラ追悼集会」が開かれている。山崎君というのは、前年の十月八日、佐藤栄作首相のベトナム訪問を阻止しようとして、羽田の弁天橋で死亡した京大生・山崎博昭のことだ。

またか、これじゃあ樺美智子さんも山崎君も、死んでも死にきれんだろう、私は某セクトの幹部に言った。

「あなたたちは、人が死なないと、何もできないんだね」

私が他人の死を利用するのが嫌いなのは、ひとつは私こそ誰よりも死を美化するところがあったからだ。私は誰よりも、死と狎《な》れ親しんできていた。さらに私には、自分が死なないことへの、妙な後ろめたさも人一倍強かった。自殺しそこなった人間が、他人から死を強要されるのを憎むのと同じようなものだ。

それでも十月八日、私は藤原伊織たちと新宿駅で、米軍へのジェット燃料を輸送するタンク車の阻止行動に金魚の糞よろしく参加している。

駅構内を出た所で、私は催涙ガス弾を膝に受けて倒れた。私はパチンコ屋の二階に担ぎこまれた。私はそこで、ドヤされるのではないかと思った。しかし逆に、オッさんのような人は、しばらく休んでいけや、と私に水を出してくれた。私は一気に飲み、丁寧にお礼を言った。

しかし、この年鮮烈だったのは、どんな政治的な行動より、神田の古本屋で見付けた『同志社詩人』という同人誌で、佐々木幹郎の詩を読んだことだった。

「時は狩れ／存在は狩れ／いちじるしく白んでゆく精神は狩れ（略）ああ　橋／十月の死／どこの国　いかなる民族／いつの希望を語るな（略）浅い残夢の底／ひた走る野／ゆれ騒ぐ光は／耳を突き／叫ぶ声／存在の路上を割り走り投げ／声をかぎりに／橋を渡れ／橋を渡れ」（「死者の鞭」）

佐々木の書きっぷりは、まるで私と対極だった。うじうじと自省し自虐しがちな私など尻目に、さっそうと時代というより事件の先端を走っていた。

スキャンダラスだな、私ははじめて同世代の息吹を活字から感じた。佐々木幹郎が、二十四時間放課後の学園を飛び出し、二十五時間目の人生に突貫しているような気がした。

彼は事件の大きさに決して負けていないと私は感じつつ、私はさらに私であろうと思ったのか、次のようにノートしている。

「わたしは死者の代弁をすることはおろか、死者に加担することすらできないのだ」

祭りと闘争

一九六九年十一月、大学で滑稽な沙汰があった。

恒例の東大駒場祭に対して大学側が、「ストライキ中のお祭りはもってのほかである」と学園祭への補助金を打ち切ったのだ。学生側は自主管理で開催した。

けだし、当局のこの発言はスト中、唯一と言っていいくらい正しい発言だった。私は笑った。私たちにとってもストライキということは、毎日が課外授業、毎日がお祭りそのものだった。これ以上、どんな祭りをやる必要があるのか。事実、私たちも学園祭どころではなかった。

ただキャンパス内外で貼り出されたポスターだけが評判を呼んでいた。

「とめてくれるな　おっかさん　背中のいちょうが　泣いている　男東大どこへ行く」

東大がどこへ行こうと俺の知ったことか、私はこう思ったが、上手く描いたなと感心した。当時、高倉健や藤純子のヤクザ映画やフーテンの寅さんの『男はつらいよ』は、異様な熱気で私たちに迎えられていたが、ポスターにはそんな時代と大学の火照りが、湯上がりの刺青《いれずみ》さながら色鮮やかに刷りあげられていた。

私は作者は、きっと地方出身の学生じゃない、とぼんやり思った。地方出身者は、とても「おっかさん」を「おっかさん」なんて呼べないからだ。それに銀杏《いちょう》の代紋への着眼は、やはりお洒落でユーモラスだった。はたして、ポスターの作者は東京出身の橋本治だった。私は後に、彼が『桃尻娘』を書いた時も、ぼんやりとなるほどと思った。

やがて年が明け、紛争が収まろうとする頃になると、私の日記はほとんど箇条書きになってゆく。まるで祭りの後のような寂しさだ。

もちろん、私の日記は、当時の紛争を描こうとして書かれたものではない。私が大学闘争の中に居たのではない、私の中にそれがあったにすぎない。

だから、東大での騒動については、私などよりハタの人の方が、遙かに詳しいのが当たり前だ。当事者というのは、常にごく一部しか見えないものだ。そしてそういうかたちでしか、当事というものはありえないのだ。

戦争体験というのもこういうものではないか、と私は思っている。敵味方何千人かがぶつかり、双方での死傷者が何人というようなことは、歴史学者にでもまかせておけばいい。

私のこの日記にしてもそうだ。いったん書かれてから、約一年後に書き直されたのが、この日記だ。改竄《かいざん》はむろん、おびただしい削除がもとになっている。

ただ一九六八年五月三十日に、「ぼくは　文学へも革命へも憑かれない」と書いた私は、ほぼ一年後の一九六九年の五月二十六日に次のように記している。

「文学に命を賭ける。捧げるんじゃない。自分のために賭ける。焦り、苛だちは思想のうんこ」

この転回だけは、偽りようがない。こう覚悟したとたん、大学が急に色褪せて見えた。暮らしとは、うまく折り合いがつけられそうにはないが、人生とはなんとか斬り結べそうな気がした。その切っ先を、私は村上一郎の所へ出入りしながら磨こうとしたのか……。

うまい生き方ができなくても、うまい詩が書けなくても、とにかく文学に命を賭ける、それだけが「わが闘争」だと、私は鼻唄でもうたうように思い込んでいた。

阿久根靖夫

村上一郎を二回目に訪れた時、阿久根靖夫の話題になった。

「あなたと同じ鹿児島生まれで、早稲田を中退して三鷹に住んでますよ」

私は阿久根靖夫の名は既に、『無名鬼』のバックナンバーや北川透の『あんかるわ』で知っていた。

「無言で戦いの中に倒れた者は　優しく思いやりのある弔辞に凌辱される」(「死者の暦」)

阿久根の作品を読んだ時、私は真面目だなと思った。そして姓からして、鹿児島県阿久根市か南薩摩出身かなと思った。

村上一郎は住所を教えてくれた。三鷹市下連雀二三四番地清風荘。そして彼は昼過ぎから夜まで、ガラス工場みたいな所で働いていると言った。清風荘は三鷹駅をはさんで私のアパートとは南と北、石を投げれば届きそうな距離だった。

とある日のお昼前、私は阿久根靖夫を尋ねた。私は彼の作品や清風荘という名から、彼の風貌や住まいを勝手に空想していた。

しかし清風荘は清風どころか、風が淀んだ陽当たりの悪い長屋だった。しかも扉を開けると、壁には本がバリケードのように積まれ、床も本で足の踏み先も無かった。

部屋のまん中に万年蒲団が敷かれ、その上に小ぶりのコタツが座っていた。彼はウールの袷《あわせ》を着ていたから、一九六九年の秋の頃だったのだろう。

だがその姿は、高倉健の着流しというより、尾羽打ち枯らした脱藩浪人というところだった。締めていたちぢみの兵児《へこ》帯もくたびれて、まるで蛇の抜け殻のようにハリが無かった。

彼は真っ黒になったアルマイトの薬缶《やかん》でお茶を沸かした。その間私は、素早く彼の蔵書をチェックした。詩歌集もあったが、漢籍や幕末関係のもの、それに毛沢東や中国の雑誌が卓上に積まれていた。

村上一郎は阿久根靖夫について、次のように書いている。

「ただ一人えいえいと孟子・孫子をよみ、松陰先生の解釈と旧軍イデオローグの解釈とを比較検討している苦汁の一青年詩人を知っている。(略)かかる人、十人あれば変革は緒に就く」(「大文字いずくにか在る」)

だが、それにしてもこの暗さと埃はどうだ。私は初対面の緊張というより、初対面のがっかりで、出されたお茶にも手を付けなかった。

阿久根靖夫は一九四二年に鹿児島市に生まれている。地元では、出来のいい子だったのだろう。父は市内で裁縫師をしていると言った。それから先は、余り気乗りがしないようなふるさと談義だったので、私は阿久根靖夫の詩をほめた。

「夢のように　凍えきったテロルを聴いた黄昏　白い葉書に翻る睦言に　殺意をこめて　おそ

らくはひとつの錯誤　屹立する唇に　俺は手向けた　この世のありとあらゆる美学を」(「わが幻の……」)

彼の詩は、志の詩だった。硬質な言葉で歌われる決意と失意が、氷のような火花を散らす小気味良さがあった。そして「士」の歌であったが、「私」の歌ではなかった。むろん、出会った当座、私はこんなことは言わなかったのだが……。

帰りしな、彼は藤圭子のブロマイドを見せた。「好きなんですか」と私が尋ねたら、ようやく彼の度の強い眼鏡の奥の目がにっこり笑った。

初掲載

阿久根靖夫は清貧どころか、赤貧の中で暮らしていた。求道者というより殉教者だった。あるいは彼の中では、草莽について述べた村上一郎の言葉が、垂訓のように鳴り響いていたのだろうか。

「志を得ず、一生晴耕雨読に明け暮れるとも、なおこころ屈するところなく潔士としての生涯を終る決意こそ、草莽のものである」

「手足は労働の土にまみれようとも、こころは天下の高士である」(一九七二年『草莽論』)

大学を辞め、文学をやるとこんなふうになるのだろうか、私は阿久根靖夫の暮らしぶりを目のあたりにして、いささか怯気《おじけ》づいた。しかし、この草莽の士にして、はじめてあの調べが出るのだと思った。

水商売のアルバイトをしている私に、彼は自分の会社に来ないかと誘った。脂粉にまみれるより、汗にまみれたほうが、なんとなく私も潔士に近いような気がした。

金属化学研究所。荻窪にあると言った。なあんだ、ちゃんとした会社じゃないかと私は思った。二つ返事で私は引き受けた。

しかしこの研究所も、名前と実体が裏腹なことにかけては、清風荘に劣らなかった。六帖二間くらいの鍛冶屋みたいなところで、目盛り付きの試験管を作るためのガラスの整形をする町工場だった。

従業員は私を入れて四人。残業を月百時間して、三万円になった。深夜作業の時は、坊ちゃん面した社長が、インスタント・ラーメンを作ってくれた。

一九七〇年になって、私は阿久根靖夫に連れられ、村上家に出入りするようになった。『無名鬼』の校正や使いっ走りが主だった。桶谷秀昭の所へゲラを届けたり、村上一郎の話のはしばしに文学者たちの名前が出てくるのを側で聞いたりするのは心地良かった。いつかは自分もこうなるんだと思った。もっとも、こんな私の気持ちを察してか、村上一郎はよくこう言った。

「校正したり、文学関係の出版社に勤めたり、ときに誰かの出版記念パーティーに出たりすると、なんとなく自分が文学してるような気分になるもんですが、それは文学もどきというものです」

太宰治がそうであったように、村上一郎も従来のサロンや党派性を人一倍嫌うところがあった。私たちは彼の機嫌というより、躁鬱病の様子をうかがいながら、村上家に出入りした。阿久根靖夫が番頭とすると、私は丁稚のようなものだった。

一九七〇年五月、『無名鬼』第十三号に、私の詩がはじめて掲載された。村上一郎は、あまり上手くないが、これから精進するようにと言った。情で拾われたのか、私はむっとした。

しかし、自分の作品の内容よりも、私は自分の名前が、桶谷秀昭や北川透や山中智恵子や阿久根靖夫とともに並んでいるのが嬉しかった。

これだよ、これっ。私はひとり深夜祝杯をあげた。数日後、阿久根靖夫をアパートに呼んだ。彼は卵焼きと真っ黄色の大根の漬物が好物だった。

私はサルトル全集を売った。卵と焼き鳥と焼酎を買った。卵焼きは、知り合いの女性が作った。阿久根靖夫は、彼女が藤圭子ならどんなにいいかとふざけた。

私はそれを聞いて、またむっとした。この人は女を知らない人だ、と思った。

三島由紀夫自決

一九七〇年十一月二十五日は、三島由紀夫らが自衛隊市ケ谷駐屯地で自決した日だ。

この日の朝、村上一郎から電話があった。電話といっても、階下の大家の所への呼び出し電話だ。躁鬱病の躁の時、彼は早朝わがやを訪ねることもあった。私は心をしかめつつ一階へ下りた。しかし受話器の声は抑えられていた。今日『無名鬼』の校正をするという。私はほっとした。阿久根靖夫の所へも伝令に走った。

そして午後三時過ぎ、三島由紀夫のことを人づてに聞いた。不思議と落ち着いていた。良いとか悪いとかいうよりも、この国がだんだん難しい所にさしかかっている、それだけが重苦しく感じられた。

夕刻、私と阿久根は村上家に行った。『無名鬼』の共同編集者の桶谷秀昭も既に来ていた。私たちは村上一郎と桶谷秀昭の三島についての話に聞き耳をそばだてた。校正の合間に「三島」があったのではなく、「三島」の合間に校正があった。

その間も、村上一郎には新聞雑誌あちこちから、しきりに原稿依頼の電話が入って来た。お茶を持って来た栄美夫人は、口元で微笑みながら、眉をちょっぴり曇らせた。

村上一郎は便乗したり、みずからを安くひさぐことを、何より嫌った人だ。だが、この時ばかりは売れっ子作家になった。もっとも本人は書いている。

「他者の死をもって奇貨おくべしとばかり、己れを高く売込むのは道に反することであると、わたしはこころに決めてきた」（「或るひきうた」）

しかし、村上一郎の三島由紀夫への追悼文は、異常ではないが過剰な高揚と沈鬱さにおおわれている。むろんこれは、病気のせいというより、好敵手の死に際しての礼儀にも似た、渾身の悲しみだったのだろう。

さほど驚かなかった私ですら、その夜は「三島の霊は霊にあらず、我が荒魂《あらたま》なり」と記し、ノート六ページ、百五十行ほどの弔詩を日記に書きつけている。

夜十時、校正が終わった桶谷と阿久根と私の三人は、吉祥寺までの夜道を歩きつつ、村上さんの病気がひどくならなければいいがなどと語りあった。桶谷秀昭がぽつりと言った。

「奥さんが、可哀相だ」

事実、その後たて続けに発表された追悼文を、私は読む気になれなかった。痛々しすぎた。村上一郎は三島由紀夫を悼みつつ、日本という国の行く末を嘆き憤っていたのだが、私にはむしろ彼の行く末の方が気がかりだった。

「国とはまずことばである」(「現代短歌とナショナリズム」)というような、腰を低く落として正眼に構えたような気迫がすっかり空回りしていた。むしろ私は、十二月発刊の『無名鬼』第14号の桶谷秀昭の後書に、そうだそうだと頷いていた。

「こころ優しい詩人たちよ、健在であれ。自分のこころを映し出す世界も言葉ももたず、苦しんでいる人びとよ、勇気を失うなかれ。その大沈黙が天を引き裂く日のために、『無名鬼』は静かに前進する」

おさらば

一九七一年秋、私は東京におさらばした。蕩児《とうじ》の帰郷である。あるいはふるさとへ回る気の弱い六部《ろくぶ》というところだろうか。ふんぎりをつけようと都落ちした私だったが、故郷に帰っても、何も始まらなかった。武田鉄矢の「母に捧げるバラード」ではないが、どこへ行っても何をしても、「コラッ　テツヤ　何バシトットカ」という幻聴を聞いた。

村上一郎からは何くれとなく葉書や手紙が届いた。私はその文体や字体で、彼の病状を推しはかった。しかし、私の心の中では、東京だってふるさとだって、『無名鬼』だって文学だってどうだっていいんだという気持ちが間歇《かんけつ》した。文学に命を賭けるどころではなかった。全てを忘れるように、私は汗を流した。

そんな一九七五年三月二十九日、樋口覚から電話があった。彼は私よりひとつ下で『無名鬼』に「ボードレール論」などを発表し、やがて『一九四六年の大岡昇平』を著す。私の後輩、一橋です、と村上一郎が引き合わせてくれた人である。

私の日記がある。

「村上一郎逝去。日本刀にて頸動脈一太刀にて斬り、自刃。以上の事、樋口君より電話にて連絡有り。やはりそうであったかと思いつつも、驚きはかくせず、そこいら中叫び、堤にて喚《おら》び続ける。深夜〇時四分の急行にて上京、一睡もせず」

お通夜には、埴谷雄高、竹内好、久野収、吉本隆明、金子兜太なども集まった。谷川雁は小派手なストライプのスーツを着て来た。

「やっぱり人に迷惑かけた奴が、人をいっぱい呼ぶんだね」と谷川は座を賑わした。誰かが、それはお前さんのことになるかもしれんよ、とまぜっかえした。

葬儀は無宗派だった。吉本隆明の弔詞が良かった。

「ここ数年来、貴方の文学的態度は底をついていた。最後の砦を、戦中の深層体験に求めて、よく孤独にたたかっていたとおもう（略）これらのことをよく嚙みしめながら、なお、行けるところまで歩むことを赦して欲しいとおもう。さようなら、御機嫌よう」

死者への優しさと、生きている自分への厳しさが溢れた勁《つよ》い挨拶だった。

式の間は、村上一郎が好きだった「展覧会の絵」と「エロイカ」第二楽章と「海ゆかば」が流された。私と樋口覚はレコード係だった。「海ゆかば」に針を置く時、涙がぼたりと盤の上に落ちた。

「げに花は落つるものなる理《ことわ》りをまひる静かに知るはかなしも」（村上一郎『撃攘』）

村上一郎のことを思うといつも私の中で花が騒ぐ。灯のように咲く時もあれば、花吹雪のように散る時もある。だが、私はここで、村上一郎のことを書こうとして、結局自分のことしか語らなかったような気がする。

ただ私は、村上一郎から姿勢や態度のすがしさ、その大切さを感じとった。むろん文学も人生も、それだけで乗り切れるほどヤワじゃない。しかし、姿勢とはメッセージだ。

私たちはみずからを無慚無愧《むざんむき》の輩と覚えつつ、なお人に何かを届けたがり、人と何かを響き合わせたいのだ。それが衆生だ。

村上一郎は「国とはことばである」と明言した。エミール・シオランの、私たちはある国に住むのでなく、ある国語に住むのだという言葉はつとに知っていたが、彼には「日本は言霊《ことだま》の幸《さきは》う国」としてのロゴスもあった。言葉を背負うことが、自分とともに社稷《しゃしょく》を背負うことでもあった。

昨今は日本語ブームだ。装いを新たにした回帰と懐古が、まるで出がらしの茶のように回し飲みされている。

村上一郎は、スマートに生きようとして拙劣に生きた。あるいは自分の切実さを、なるべくスマートに歌うまいとした。だが今や、見てくれのスマートさや、結果がすべてというあられもない世の中だ。なんの屈折も逆説もない。

せめて私は、いや私たちは、美しい国を与えられるよりは、楽しい国をおのがじし造ろうと思う。

『開教日誌』を読んで

この『親鸞——不知火よりのことづて』は、一九八三年八月、出水市・泉城山西照寺で行われた講演を収録したものである。出水は鹿児島県の北端に位置し、不知火海をのぞむ人口四万足らずの小都市である。たまたま私はここに生まれ、たまたま居ついているところから、この講演会を手伝わせて頂くことになった。講演会は「第一回緑陰講座　親鸞・不知火よりのことづて」として、二十一日に吉本隆明氏、二十二日に桶谷秀昭・石牟礼道子両氏の講演がそれぞれ行われた。

その後、この書の底本ともなるべき講演記録および吉本氏の講演のためのメモが『方法的制覇』第十一号に掲載され、それに更に補筆されたものがこの書である。

講座は同寺の開基百周年を記念して行われた。連日二百余人の聴衆が、思い思いの姿で高床の本堂に座し盛況であった。

百年と言えばいかにも長いが、他宗や他郷の寺院開基から言えば古い方ではない。速水公爾住職の言葉にもある通り、薩摩においては肥後人吉の相良藩と同じく、三百有余年にわたって念仏が禁ぜられていたからである。

維新後の廃仏、そして明治八年十一月、「信教の自由」が天下に公布されても、薩摩はおいそれとそれに従うような土地ではなかった。『木戸日記』には、たとえば次のように記されている。

鹿児島県は一種独立の如き有様なり。実に王政の為に憤慨に堪へざる

だが、私学校派にとって、憤慨に堪えず維新の戦死者や先達に面目ないのはむしろお前さんたちの方だよ、と言いたかったかも知れぬ。

明治九年の薩摩地方の解禁には、下野した西郷隆盛の人柄と太政官の中枢たる大久保利通の立場がそのまま表われているような気がする。

先に明治五年、教部省設置の際、西郷は次のように言ったとされている。

仏教者はもとより不用のものであり、神官も亦無用の長物であるから、これらを使って教部省を起こそうと思う

（芳村正秉『仏教史学』）

この言葉に誘い出されるように六月二十八日、「葬式ハ神官僧侶ノ内ニ相頼ムベキ候事」という太政官公布が出ている。

民衆像として西郷が恒産恒心以上のイメージを持っていたとは考えられぬ。また彼にとっては、それで充分だったのだろう。姿より心、宗教より修養の日々を生きた彼にとって、宗旨はこれで

なければならぬということはなかった。必要以上に喜捨などを強いて恒産を乱さぬ邪教でなければ良かったし、「愚婦の迷」につけこむような日向から流行ってきた帯解き仏法などの妖教でなければ良かった。冠婚葬祭についても、自葬は良くないとしつつも、人生の重典というより、人並みにやればそれで良いのだ、というようなつぶやきが聞こえて来そうである。

明治九年八月、宮崎県は鹿児島に合併されている。宮崎は元来解禁の地であったため、当然不都合が生じて来る。県令よりこの点について意見を求められた西郷は、民衆の信仰においては無理強いしたり制したりすることはもともと不可能だから、一方に許し、一方に禁ずるのは物議をかもす元であるとして、次のように答えている。

公然と宗門を開くか、是迄の通り黙許にて御置候か、両策の外無也、今形《いまなり》黙居にて相置候はば、弊害弥増候付、十分手を尽し候て相開候方良計と見込候付……(後略)

(『大西郷全集』第二巻)

彼は薩摩の真宗解禁の父とも呼ばれているが、不用と言い、無用と言いきるところに彼らしさが窺われて面白い。そして、解禁か禁制かでなく、解禁か黙許かという論のたて方に、私は放下したような彼を見る思いがする。それは達観でもないような気がする。

解禁の打診を時の鹿児島警察署長野村忍介から受けた時も、彼は即座に頷いている（『西南記伝』）。

この時期、大久保をはじめとする王政側にしてみれば、出身地のただならぬ動きこそは獅子身中の虫だったから、陰に密偵を放ちつつ、陽に民衆教化の開教僧を利用したかったのかもしれぬ。王政側は、なんでも良い、とにかく薩摩の地に楔《くさび》をうちこみたくて仕方がなかったのだから。野村忍介が鬼の首でもとったように意気揚々と西郷の所から辞したのは言うまでもない。

明治十年、西南の役勃発の引き金をひいたとされる警視庁巡査密偵事件の関係者の一人である野間口兼一は出水の人である。彼は二月五日に捕えられ、翌日鹿児島に護送されている。

同郷人が同郷人をスパイすることは、さして珍しいことではない。もっとも野間口が行ったことはスパイというより「東京の官吏は柔弱にして、陸軍も百姓の団結なれば、一足にて蹴破るべし」という「狂人に異ならぬ」私学校派の暴発を未然に防ぐための慰撫工作であるが、これは火に油を注ぐようなものでしかなかった。

それはそうだろう。かたや「若し方向を誤る事ありては、戊辰の功労も水の泡に帰すべし」と諫める側であり、かたや戊辰の戦死者に対して申し訳ないという人々だったのだから。かつての竹馬の友や同志は、今や脚光を浴びる舞台と決してせりあがることのない奈落ほどにもその境遇に隔たりがあった。さらに、東京と鹿児島の距離は、敵の幻影と観念を自己増殖させるには、程良い遠さだったかも知れぬ（引用は野間口について記した元警視総監安楽兼道の文書）。

密偵たち（或いは慰撫使）が近親憎悪のような仕打ちを受けたように、開教僧たちも「スパイ」視され、百姓たちの味方の他郷者《よそもん》として様々な困難にめぐりあっている。

西南の役後の十一年一月、後に西照寺の開基住職となった日野盡濟師の『開教日誌』には、十年戦争直後の鹿児島市の様が記されている。兵火に焼きつくされた町には、弾痕生々しい土蔵が所々残るのみで、人家は皆掘っ建て小屋であると叙した後、彼は次のように書いている。

人気誠ニ荒ク　或夜ノ如キハ上町ヨリ説教ノ案内者、下リ藤ノ本山ノ定紋アル提灯ヲ持チ車夫ノ前ニ案内セルガ　途中ニテ数十名ノ私学校ノ壮士ハ　一向宗坊主ナリ殺セ〳〵ト追ヒ来リシニ　車夫一生懸命ニ走リタル為危難ヲ免レタリ　其後ハ本山ノ定紋アル提灯ヲ廃シ僧服ヲ途中ニ着ケズ洋服長髪ニ改メタリ　各地ニハ東京警視出張所アリ　巡査ハ皆剣付鉄砲ニテ戦後ノ人気ヲ鎮撫シ居タリ

大隅半島中部の根占《ねじめ》では、乱酔した元士族が「一向宗坊主ハ我子ノ敵」と叫んで侵入したが世話方は飛び出したまま帰って来ぬ、一対一で説諭したらこちらの勢いに圧倒されて退散したという夜もあった。

錦江湾北岸の加治木では、しつらえた竹床《たけどこ》の上で盡濟が説教中、何者かが「手頃ノ石ヲ投ゲ付

ケタルニ床下ノ老人ノ頭ニ当リ大怪我」をした一幕もあった。この加治木には、二年後の十三年、与謝野礼嚴が布教僧として息子の寛ともども赴任している。

また、次のような記述もある。

末吉町（宮崎県都城に隣接する——引用者注）又木源ヱ門方裏畑ニテ説諭中　岩川駐在ノ警部ハ戸長ト巡査役所員数名ト共ニ来リ　出願ノ上ニ非レバ説諭トシテモ人民ノ集合スルハ説教と同様ニテ　只今警察ハ戸口調査中ナルニ何方ノ村ニ出張スルモ各戸家内中当所ニ集リ　為ニ職務ニ困難ヲ致ス　依テ県庁ヨリ許可ノ上に非ザレバ　他ノ区ハ兎角此区内ハ相成ラズ云々……

盡濟師の説諭が裏畑での立話のようなものにはじまり、ふくらみゆく人垣の中でしだいに熱をおび、辻説法のごとき形をとったとしても不思議ではない。警察の戸口調査は、西南の役後の不穏分子の探索と残党狩りのためだろう。警察にとってもぬけのからの家では仕事にならぬから、これをいまいましく思い禁ずるのもお役所として当然と言える。

中止のやむなきに至った盡濟師は、直ちに早馬で町役場に向かい（役場では、既に知事に届け出済なので、いちいち出願に及ばずと言われる）、早馬で現地に帰り、今度は堂々と説教したら畑の中に一万余人が参集したという。一万人の真偽はさておくとしても、まさにはやてのごとき動きっぷりである。

このような官権側とのトラブルもあるにはあったが、おおむねこの時期、開教僧たちは、地元有志や講頭《こうがしら》それに警察双方から抱きかかえられるようにして開教を続けてゆく。丸腰の彼等や百姓にとって、ヤケをおこした士族の妨害は「官権」の力をもってしか防ぐすべはなかったのかもしれぬ。

これは時の政府と真宗派が一体となっていたというよりは、禁断の園に先を競って自らの勢力を伸ばすもの同士が、結果としてお互いを不都合に思っていなかったというようなことであろう。またこの頃は、他宗派の動向も気になるし、本山の使僧と言って偽説を触れ回る僧、自派でありながら宗意に背反し教義を誤る信徒たちもいた。ホンモノよりホンモノらしいニセモノや、ちっともホンモノらしくないホンモノは聖俗を問わず、いつの世も存在していたのである。

こういう世相の中で、開教僧たちはまさしく神出鬼没、寝食を忘れて東奔西走する。

盡濟師の日誌では、個人的感情は極力抑えられ、辞令達書の写しや地名とその土地のおびただしい人名が登場するだけである。そのことがかえって彼の行動半径の広さと活動の激しさを物語っているような気がする。

オルグということから言えば、これほどまで草の根に浸透したオルグを私は知らぬ。それは思想の持つ恐ろしさとも違う。あるいは時代のせいだろうか。あるいは、「開教」というものが持つ

「解放」と同様の魔力のせいだろうか。

当分之内　出水郷受持在勤申付候事

明治十一年九月十五日

盡濟師は九月十五日を以て、出水郷の受持となっている。説教所と言っても小屋に毛の生えた程度の代物《しろもの》であった。

話が前後するが、各地での西南の役の戦闘後、官軍は自首降参した者には罪を免ずる旨の帰順ビラを先鋒本営名で配布している。「一筋に御国の為とのみ思い込み」とか「一刻も早く理非を弁へ賊軍の汚名を免れ申すべく」とかの下りは、後の二・二六事件の帰順ビラの原型を見る思いがするが、この帰順掛はのちに警視出張所にひきつがれ、出水の出張所は盡濟師が着任して一カ月後の十一年十月十五日をもって閉鎖されている。

人心定まりてというわけだろうか。「維新の大業なり庶民漸く堵に安ずる」（『真宗大辞典』）という記述も見られる。

だが、維新の大業が成ったわけでもないし、人心が定まったわけでもない。人心を定めたと思うのは治安者の勝手にすぎぬし、人心の悲喜劇に終止符がうたれたわけでもあるまい。

「体制の思想を丸ごと抱えこみ、厚く大きな鉄鍋を野天にかけ、ゆっくりとこれを煮溶し続けている文盲の、下層農民達の思想」（石牟礼道子『西南役伝説』）は、その時の都合で不毛の火山灰台地より固く、海綿よりも把えどころがないのかも知れぬ。また、従来より「百姓と女子には教育はいらぬ」と当り前のように言いすてた士族たちは、動き出した無学の石塊にヒステリックに怯え、必要以上に強暴になったのかもしれぬ。あるいは後に、中江兆民が「西郷今やなし」と慨嘆したように、志なかばの鬱勃《うつぼつ》たる思いを抱いた青年たちは壮士として、故郷に荒れ、都に冬の魚のようにひそんだのかもしれぬ。

いずれにせよ、誰もこの世がどうなるか、なってみなければわからなかったのだ。

ところで鹿児島県各地には麓という地名が、少なからず残っている。この麓は山麓の意でなく城のたもと、つまり郷士の住む場所であり、戦火の時は陣地をも兼ねるよう設計された地域を指している。現在でも、苔むした石垣と生垣と門構えは往時の名残りをとどめて美しいたたずまいを見せているが、麓衆と言われることはとりもなおさずエリート士族であった。

鹿児島鶴丸城に仕える藩士、地方の外城の郷士、薩摩ほど士族の多い藩はなかったが、麓衆などと呼ばれる上級武士はひとにぎりで、大半は「カライモ郷士」として、農耕に従事し、職人、工人を兼ねているものも数多くいた。

宝暦二年（一七五二）の宗門改めで、出水郷において千七百人もの一向宗信者が自首している。

彼等は旨替の誓詞を約され禅宗に帰依せしめられたという（田島秀隆『出水郷土誌』）。むろんそれはうわべだけのことで、国境を越えての肥後水俣へのぬけ参りとその筋の探索はいたちごっこのように続いていた。

『出水郷土誌資料編』によれば、出水の一向宗に特徴的なことは、郷士と百姓が信仰のためには一体となっていたことであるという。

彼等が貧しさゆえに連帯したか、普段のつきあいのうちに同心の徒となったか、あるいは地を這うように伝播した当時の一向宗の教義そのものの中に、身分制度そのものを解体するようなものを秘めていたか、私にはわからない。それは禁制の理由とも関連することであるが、「諸所ニ一向宗起テ父母ヲ軽ンジ仏神ニ疎ンズル者人間ノ俗ニアラズ」（島津忠良『日新菩薩記』）とみなされ、「学問・武芸に精励すべき事。学問・武芸同志以外は付合い致さず」（出水兵児規約）という風土の中で、下級郷士と農民が共に藩境を越える姿に、私は常軌を越えたあるものを感じるだけである。

次のような記述もある。

予ガ初メテ出水ニ出張セシハ明治十一年八月ニシテ当時聞法ノ機根既ニ熟セシカド各村ハ未ダ麁ヲ恐レテ参詣セズ　従テ区長伊藤祐徳戸長河野勘太夫副戸長田野謙介等ノ出席ヲ求メ其面前ニテ　役員ハ斯クノ如シ　聞法ノ人ヲ保護ノ為出席ナレバ一同恐レズ参詣致スベキ旨ヲ諭シ……

（『開教日誌』より）

ちなみに伊藤祐徳とは伊藤四郎左衛門祐徳のことで、彼は西郷の側近である辺見十郎太の荷駄隊長として人吉に従軍し、のちに出水隊を指揮した人である。

この村人たちの怯えはどこから来るのだろうか。三百有余年にわたる禁制が骨の髄までしみこませた怯えなのか、貧しいものが本能のようにもつ愛想と裏腹の用心深さなのか、私にはわからない。

司馬遼太郎は『翔ぶが如く』の中で、薩摩だけは富農が成立しないほどに藩が搾取をし続けたとして、「薩摩の百姓の思考は重税や労役からわずかでもまぬがれたいということだけに終始し、いわば一般に奴隷的姿勢ができあがり、士族たちからいよいよ軽侮された」と述べている。これは、当時の五人組のような門割制度や五年に一度の宗門手札改めなどの制度にも裏付けられて、ほぼ通説ともなっている見解だが、しかし、大地にくびかれ、砂糖きびさながら搾りとられた奴隷なら禁を犯しはすまい。

だが、さらに私の理解を絶するのは、宝暦に千七百人自首し転宗させられた門徒が、明治十六年には門徒戸数二千七百余戸にのぼっているという事実である。

寝食を忘れて努力した住職や肝煎《きもいり》世話人がいたにせよ、事あればぞろぞろと自首し、風雲急を告げればぞろぞろと消え、またぞろぞろと結集する、このような人々の姿をどのように表現したらよいのだろうか。

かつて谷川雁は次のように書いている。

反乱は農民の武装から始まるべきだった

（『城下の人』覚え書）

だが、アジテイターとしての彼の面目は際だたしめても、私には武装農民のイメージは際だって迫ってこない。西南の役と期を一にして肥後豊後地方で群発した農民一揆の存在もあるし、藩政末期には薩摩の圧政に蜂起した徳之島の犬田布村一揆（一八六四年）、そして一向宗検断を機にした加世田騒動（一八五八年）の事例もあるが、むしろこのぞろぞろの現実の空恐ろしさから全ては始まり、そして終わるのではないか、という思いが私にはある。

谷川雁にしろ、そんなことは百も承知で言っているのだ。また、農具がすでに武具たりえぬとか、念仏のかわりに武器をといったことでもあるまい。つまらぬ啓蒙より秘かな武装が良いにきまっている。あるいは、つまらぬ武装ごっこより黙りこくって焼酎でも飲んでいた方が、私にはなじみやすいということだろうか。今風に言えば、ソフィスティケートされた市民や大衆が信じられぬように、大衆の武装や一票も信じられぬということだ。

ただ、民衆を越えた制度はなかったのに、民衆はぞろぞろと制度を越え、国境を越え、ぞろぞろと時代を越えて生死の海に流木のように漂いつづけるのだという思いが、今の私をいくらか慰めてくれるだけである。

そしてどんな人も組織も、権力と迎合する可能性を持っているし、どんな人でも非業の死をとげる可能性を秘めている。しかも、一番傷ついた者が一番黙り、少し傷ついた者こそ一等傷をひけらかし、売物にすらするということを、私は経験的に知っているだけである。

私たちの講演のテーマは左記のようなものだった。

現在　私たちの心を　親鸞という一人の宗教者思想家が占めているように
あの酸鼻混濁の中世で　親鸞の心を占めていたものは　何だったのだろうか
親鸞が強いられていたもの
あるいは今日　私たちに課せられたものははたして何か
……
また　三百年にわたる念仏禁制
すぐる西南の役　そのなかで
あるいはそれらともかかわりなく
念仏を求めつづけ　生きつづけた民人は　不知火海という通い路で
どのように生き　流離し　死んでいったか

この思いは今も変わらない。

そして、「不知火海」を原点とも辺境の最深部などとも私たちは思っていない。地名は、そして住む場所はいつでもささやかな僻地《へきち》にすぎぬ。

解説じみた文を書くつもりが、ささやかな僻地のささやかな出来事の記述に終わってしまった。講演の内容については、私がくだくだしく書く必要もなかろう。三名の講師の方々には虚飾もてらいもないお話をして頂いた。

聴衆も懸命にノートをとったり、頷きがいつのまにかこっくりに変わった優婆夷《うばい》・優婆塞《うばそく》もいたりして、お互いはお互いに媚びることも遠慮することもなかった。それが今さわやかな思い出として残っている。

来訪の記念にと差し出した色紙に、それぞれ言葉を書いて頂いたのであるが、講演録ともどもそれぞれの個性をほうふつとさせるので次に記す。

ほんたうの考へと
うその考えを分けることができたら
その実験の方法さへ決れば

吉本隆明

わが心のよくて

殺さぬにあらず　　―親鸞―　　　　　　　　　　　　　　　　桶谷秀昭

椿落ちて
狂女がつくる　泥仏　　　　　　　　　　　　　　　　　　　　石牟礼道子

さいごに、底本作成に当り、樋口覚氏、田村雅之氏ならびに木村栄治氏にはお世話になった。また、当日は遠来の山本哲也氏、中山朋之氏、坂倉道子氏さらには南日本新聞社の方にもあれこれ手伝って頂いた。そして、私たちが修学旅行の宿か梁山泊のように跋扈《ばっこ》して逆に手間をかけさせた坊守和子夫人、世話人の皆様、また企画から雑用一式を引き受けて頂いた安倍勉氏と西恩寺住職竹廣護氏にも頭の下がる思いである。

三名の御講師の方々ならびに日本エディタースクールの吉田公彦氏に深謝するのは言うまでもない。

藤原伊織を悼む

男の哀しみと含羞と潔さ

十時十四分藤原が亡くなりました、と友人が電話で言った。五月十七日の十時半だった。怒りをこらえたようなくぐもった声だった。私もただ「はいっはいっ」とだけ答えた。

外では揚雲雀《あげひばり》が鳴いていた。しかし私は、冬ざれの日暮れどき、遊び仲間からひとり野末にとり残されたような気分だった。ぎしぎしと軋《きし》んでいるのは、風だろうか光だろうか、それとも私の心だろうか。私はひとりで、私の家路を探さなければならない。そう感じた。

藤原伊織とは、大学で同じクラスだった。おたがい酒や音楽だけでなく、自分の才やカッコ良さのようなものにも酔いしれようとしていた。まこと身のほど知らずの月並みな文学青年だった。

私たちはマージャンしたり、旅行したり、書いたものを見せ合ったりした。大学紛争の時は、彼のアパートは私のアジトにもなった。やがて彼は電通に勤めだし、私は田舎わたらいを始めた。

昨秋、私が「西日本新聞」に「切実のうた 拙劣のいのち」を連載した時、私は彼のことに少し触れた。食道ガンの術後闘病を続ける彼は、「さすがだな」とガラガラ声で言った。そしてカットの私と彼の写真を送ってくれとせがんだ。

セピア色した写真を欲しがるなんて、そんな気弱なことでどうする、私はこう茶化しながらも写真を送った。藤原からは、さらにかすれた声で御礼の電話が来た。

藤原伊織は、カッコ良さを求めながら決してそうは生きられない男の哀しみを描くのにたけていた。ちょっぴりドジで優柔不断なくせに、「最初から、負けはわかっていた。それでも、まあ、やってみよう、そう決心してはじめたゲームさ」と言わしめるような含羞《がんしゅう》と潔さが、藤原の生き方にもあった。

彼はセックスも女性も暴力も描くのは苦手だった。しかし、それを不要にし、不問にするだけの抒情と文体を持っていた。だからだろうか、当然全共闘世代とか団塊の世代とくくられるのを嫌がった。『テロリストのパラソル』の主人公たちが、こう語り合う場面がある。

「私は会いたくなかった。変わっちまったおまえには会いたくなかった。人でなしには会いたくなかった」

「これが宿命なんだよ、きっと。これがあの闘争を闘ったぼくらの世代の宿命だったんだ」

「私たちは世代で生きてきたんじゃない。個人で生きてきたんだ」

私もまたこれからも、かたまりでなく、ひとりで生きていこうと思う。ひとりで生きて寂しくない、ひとりで生きて恥ずかしくないゆえに、人一倍人を愛し、人一倍わが身を恥じようと思う。

藤原、ありがとう。ごきげんよう。

シャイな正義漢

五月十七日の朝、藤原伊織が死んだ。鹿児島のわがやの上では、揚雲雀がうらうらと鳴いていた。私の心はうらはらに、野に低く凍《い》てついた。

藤原とは大学で、同じクラスだった。私たちはともに飲みともに打ち、ともに巷《ちまた》をさまよった。彼がポンコツ車で、わがやまで遊びに来た時のことだ。お茶を出した初対面の義妹に、彼は言った。「僕を好きにならないでね」。彼女は憤慨した。私はそれが藤原だよ、と言うほかなかった。本人はフィリップ・マーロウ気取りなんだが、他人には時としてフーテンの寅《とら》に映るのだ。だから私は『テロリストのパラソル』以降、彼が新無頼派などと呼ばれると、へええっと思った。彼は酒もマージャンもケンカも強くなかった。彼の文学も、カッコ良く生きられない男の哀しさの上に成り立っていた。彼はシャイでちょっぴりドジな正義漢だった。恥知らずを憎んだ。彼の品行はともかく、品格は信じるに足りた。

十七日の昼さがり、私は鳴きやまぬ雲雀に、藤原の口調で呟きかけた。

「きょう、友だちをひとりなくした」

さらば、藤原。級友以上戦友未満の友よ。

Ⅱ

ちょっと深呼吸

わがまち——空ゆく鶴と流れる人

田んぼの蓮華《れんげ》が、木の芽流しで色あせてくると、出水の鶴たちもあらかたシベリアへ渡りおえる。鶴を見送るたびに、私はうらやましさと寂しさとが、ないまぜになった気持ちに襲われる。だからだろうか、時たま、傷ついて北帰行ができない鶴がいると、悲しい半面どこか嬉しくなる。ひどい奴だと思われるかもしれないが、本当だから仕方がない。そして、置きざりにされた鶴に人々が同情する時、私は奇妙な親近感を覚える。

これは、この町で定点の旅人のように暮らしている私の、うらみとひがみ以外の何物でもない。ただ私は、空ゆく鶴も飛べない鶴も、そしてこの町も、勝手に気に入っている。

ひとつにはここが、広島育ちの父と天草育ちの母が、七十余年前、駆け落ちして住みついた所だということもある。私はここで、十四人兄弟の末っ子として生まれた。母の四十五歳の折の子供だ。

ここいらでは、長男のことを位牌《いへ》持ちと呼ぶ。父の葬列の先頭に、位牌を持って立つからだろう。いかにも惣領《そうりょう》という感じがする。一方、次男は用心子《ようじんご》と呼ばれる。長男のもしもの時の用心のための子、という意味だ。スペアである。ひるがえって、私は七男だ。継ぐべきものは何もなかった。渡り鳥というよりは、わがまま無責任の浮草のように育った。

さらにこの町は、昔から肥後との境に位置している。薩摩と肥後とは、かつて川を境にウグイスの鳴き音まで変わると言われたりもした。しかし、行政のうえではともかく、暮らしている人々の間には、境界などどこ浮く風と言わんばかりの行き来があった。国境の町には、対立だけでなく融合もあるのだ。

だからだろうか、出水には、目が県都や首都だけに向いていない人がわりと多い。少なくとも私にはそう感じられる。良く言えば、目の配り方がたくみだし、悪く言えば、目のつけどころが優柔である。あるいは、無理強いされればソッポを向くようなところがある。単眼ではなく複眼だ。流れ者、ヨソ者が多いせいもあろうが、そこが私には心地良い。

むろん、そうは言っても、東京に出た私がここに帰ってきた頃には、こんな殊勝なことは思わなかった。私はこの世とわれとわが身を呪うようにして生きていたから、この町もどうせ地獄の番外地くらいにしか思っていなかった。仮のすみかというよりも、ちょっとした腰掛けの場所だったのだが――。

以来、二十七年たった。

田んぼの蓮華が色あせる頃、鶴が渡ることも、この頃になると川をさかのぼる鮎が気になりだすことも変わってはいない。ただ、地獄の番外地は、シャバの三丁目くらいにはなった。そして、この町をけなす人がいると、少しムキに少し恥ずかしげに、この町をかばうようになった。ヤキが回ったのだろう。

ヤキが回ったり、ナマクラになったりしながら、私もまた、どこかへ流れてゆくのだろうが、まだここにいるのは、きっとここでの縁がまだ尽きていないからだろう。

食卓――円居は夢のまた夢

私は、早飯だ。大家族で育ったせいもあるのだろう。ぼやぼやしていたら、自分の食べるものなんて無かった。食卓はまさに、食うか食われるかの戦場だった。さっと食ったら、さっと立つ。これが美徳といかないまでも、生きる知恵だくらいには、子供心に思っていた。それに長居すると食卓は、いつのまにか説教の舞台になることもあった。

力道山がテレビのプロレスで活躍しはじめた頃のことだ。とある日、わがやではスイカをもらった。夕食後、スイカはぶつ切りにされて、食卓に出された。私と姉四人がいた。

「はい、どうぞ」という母の声を合図に、私たちはスイカに突進した。私はダッシュが遅れた。姉のひとりが、私にひときれとってくれた。しかし、それは端っこだった。まん中が欲しかった。姉たちとの小ぜりあいが、おしくらまんじゅうのようになり、やがて私はベソをかいた。

その時、横座でひとり晩酌《だれやめ》をしていた父が、一喝した。

「この、馬鹿シチリーン！」

一瞬、座が静まりかえった。食卓の上には、ぐちゃぐちゃになったスイカが、まるでおびただしい赤と緑の難破船のように散らばっていた。

「見苦しか。食うとらんばしのごと」

父はそう言って、焼酎を飲み続けた。私たちは口々にあやまりながら、あとはお通夜のようにして、残ったスイカに手を伸ばした。

父の剣幕には、私のだらしなさや姉たちのはしたなさへの怒りもさることながら、そんなことされたら、何より俺が食わしていないみたいじゃないかという思いも、こめられていたのだろう。しかし、その時、私たちには父の座も父のプライドも、まるで目に入らなかった。スイカを口に入れることで、精いっぱいだった。

「見苦しか。食わしとらんばしのごと」

だが、それから三十年後、私も父と同じ言葉を、いくたびか呟くはめになった。一女二男のわが子たちは、こと食うことに関しては、正しく私の血を受けついでいた。

陸上や野球をやっていた子どもたちが育ちざかりになると、こんどはわがやの食卓が戦場になった。おまけに私は、人を呼ぶのが好きときている。円居《まどい》とくつろぎの食卓なんて、夢のまた夢だった。テレビでは親子なごやかにその日の出来事を語り合ったりするのに、と言う細君に、私は焼酎のおかわりで答えるほかなかった。

むろん私は、食欲を（性欲だってそうだが）いたずらに発散させるのはきらいだ。美味しいものは、じっくり食べるにこしたことはない。

ただ、このところ、食べるということに対して、あまり切実さを感じさせない子どもたちや家族を目にすることが多くなった。がむしゃらにお茶漬けをかきこむ永谷園のＣＭに、私がほうと思ったのも、その反動だろう。

この国の人々は、みずから食欲を飼い殺すまでに、すでに老成したのかなと思う。それとも、食べるという、人間の一等自然な行いにすら、満ち足りているのか、欠け足りているのかわからない国民になったのだろうか。食卓が、戦場にたとえられるうちはまだいいのだが――。

友——きっと心の〝ご馳走〟

「友達は大事になさいね。財産なんだから」

母は事あるたびにそう言った。

そのたびに私は、十四人兄弟の末っ子だもの、わがやには継ぐべき財産なんてないんだから、とややひがみっぽく思っていた。

友達づきあいというのは、記憶にも似ている。しっかりはっきりしているようで、結構いい加減だ。自分に都合の良い思い出や、恥ずかしかったり腹立たしかった出来事は、妙に覚えていたりするものだが、友達もそれに近い。お互いの勝手や事情に左右される。じつに気まぐれだ。

逆に気まぐれだから良いのだろう。生涯の友と思っていても、いつのまにかソッポを向いていたり、音信不通になったりというのは、よくあることだ。あるいは、はじめて会った時は、なんてイケスカない奴だと思いながら、かれこれ三十年以上つきあっている友人もいる。作家の藤原伊織は、大学時代同じクラスだったが、その最たるものだろう。むろん、彼だって、私のことをそう思っているに違いない。

生地近くに居ついて二十五年もたつと、たいていの人は顔見知りになる。小中学校の同期生だって多い。ただ、幼なじみなんて、たまさか会うから楽しいのであって、なじみのふるさとでなじみの人間同士顔を合わせても、べつだんの感興なんてわかないものだ。

幼なじみが、同年などという言葉をふりかざしてやって来るのは、選挙の時か、金の無心の時くらいのものだ。私は即座におカド違いだよと断るが、むこうもしんからアテにしてはいないらしく、たいていはニヤリと笑って帰ってゆく。

若い頃は、バクチ仲間のため、自分が借金までしてお金を用立てたこともあった。情にもろいというか、人間が甘いというか、外面はすこぶるつきのお人好しで、わがやはその日暮らしの火の車だった。この世に友情と見栄ほど高くつくものはない、と思ったのもこの頃だった。

「あなたは、つきあい倒れのするよ、今に」

友達は大事と言った母は、しまいにはこう言うようになったが、時既に遅しであった。私が金を貸した仲間たちは、いつのまにかトンズラした。しかし、私が金を借りた友達との縁は、今でも続いている。むろん、お金は返した。

いろんな友達が、私の身辺そして心辺にいる。

あまり会わないけれど、七夕どきになると会いたくなる友達がいる。暮れの頃、そう思う友達がいる。あるいは時折、押しかけたり押しかけられたりして、海や川でとったものを食べごしらえして、馬鹿話に花を咲かせる家族もいる。そんな時、友達は財産じゃないが、心のご馳走だなと思う。

お互い、この齢になると、茨木のり子さんの詩ではないが、「縛られるのは厭だが／縛るのは尚　厭だ」という気持ちになる。ただ私は、孤高の人とか隠者はさらにイヤだ。

友達が来ると嬉しいのは、友達が大事だからじゃなくて、単に寂しがりやか、あるいは〈わがや〉に家族といるのが照れくさいだけよ、と家人は言う。私は、そうかもしれないと思ったりもする。

祈り――オヒザキンキンの果て

祈りという言葉は、私にはよそゆきの言葉だ。どこか、こそばゆい。正面きって「私の祈りは」とか「私は祈ります」なんて、おもはゆくて、とても言えない。

むろん、まるっきり無縁かと言われれば、そうでもない。

数年前、私をかわいがってくれたはたち違いの兄が死にかかった時、私は藪の蛍に、「消えるな蛍、消えるな命」といくたびもつぶやきかけたことがあった。

また逆に、私をいたぶってくれた兄のひとりを、死ねばよいのにと再三ならず念じたこともあった。と言っても、ワラ人形に釘を打つとか祈禱じみたことはしなかったから、これは祈りというよりは、たわごとだったのだろう。

私が小学校三年生の時だから、昭和三十年の頃のことだ。遊びに出かけた私は、とある長屋の窓ごしに、同じクラスの女の子の横顔を見つけた。彼女の家はここかと合点したが、それよりも彼女を取り巻く雰囲気の異様さに、なぜか私は足を止め、植え込みのかげからそっと覗き続けた。

ふだんおとなしく、教室では目立たない彼女が、その日だけは大人たちの先頭に座り、彼らを従えるようにして、何やら唱えていた。奇妙に熱っぽいその部屋の空気と、こきざみな肩のふるえに、私の目は釘づけになった。やがて彼女は、まるで狐つきにあったかのように、尺取虫のように、畳の上でのたうち回った。そして何事か、叫んだ。

私は大変なことが起きたと思った。しかし、大人たちは誰ひとり、彼女に手をさしのべようとはせず、むしろうなずきながら喜んでいた。私が窓にさらに近よると、気付いたひとりが、ピシャリとガラス窓を閉めた。私は走り去ったが、ひくついていた彼女の姿は、なかなか私の眼裏から去ってはくれなかった。

私とて、食前にオヒザキンキンして手を合わせることや、仏壇の前でマンマンサアと礼拝することは、幼い頃からやらされていた。が、私の合掌は、いつだってうわの空だった。

だが、彼女の所作は、どこかしんからのもの、ついでではないものを感じさせた。そして私は、こういうのに関わり合ったら大変だぞと、覗き見した後ろめたさの中で、空恐ろしく思い続けた。おそらく彼女は、祈禱か口寄せをしていたのだろう。あるいは祈禱を受けていたのかもしれない。今でも思い出すたび、私は濡れた毛布で全身をくるまれたような気分に襲われる。

祈る姿への違和感は、カトリック系の高校に入学した時も感じた。修道院だか、廊下だかに、祈る天使の絵が飾ってあった。天使はつぶらな瞳で、さしこんで来る光を、上目遣いに眺めていた。私は、自分のオヒザキンキンとは全然違う、断然違うぞと思った。

無骨であることも、不信心であることも、私は昔と変わっていない。だが、心なき身にもあわれは知られるように、神も仏もないと思っていても、思わず手を合わせ、膝を折る時はあるものだ。昔はそれを不覚と思ったが、今はシャバだと思う。齢なのだろう。ただ、祈りが、孤高や薄幸という言葉と同じくらい、私によそよそしいことには変わりない。

祭り——常ならぬ黄金の卵巻き

わがやには、近くに親戚というものがなかった。広島生まれの父と天草生まれの母が、駆け落ちしてこの出水に住みついたからだろう。ただ、親戚づきあいをしている家はあった。隣町の高尾野町の田中さんの家がそうだった。母と同じ、天草からの人々だった。

十一月二日は、高野尾紫尾《しび》神社の例大祭だ。この日、私はよく田中さんの家へ行かされた。今では車で二十分とかからないが、当時はバスで小一時間程かかった。下水流《しもずる》という集落だ。私は乗り越さないよう、停留所が近づくたび、シモズルシモズルと呟き続けた。

小学校へあがるかあがらないかくらいの私が、ふりわけ荷物をかつがされ、焼酎一升ぶらさげて行くのである。バスに乗るのは楽しかった。だが、バス停から田んぼ道は心細くて遠かった。

田中さんの家では、必ず卵巻きが出た。卵巻きというのは、海苔巻きの海苔のかわりに、薄くのばした卵焼きを使うものだ。当時わがやで卵を食べるのは、病気の時と運動会の日の朝と決まっていた。その卵が、黄金の海苔となって、ご飯やおぼろやカンピョウなどを包んでいる。それは、縁日の市以上に、はなやかであでやかな見物、そして食べ物だった。

帰りには、卵巻きが詰めこまれた重箱をさげて帰った。その外に、ぶつ切りにしたサトウキビの束を持たされた。そのサトウキビは、ふだん私たちがトウキビと呼んでいるまっすぐなものでなく、そりかえったカヤサトウキビだった。その硬さと甘さが、田中さんの屋敷の芭蕉の植えこみとあいまって、私はどこか遠い所に来たような気分になるのだった。

行きにもまして、帰りの荷物は重かった。今考えてみても、田中さんの家の行き帰りは、肩が重くなりそうな、どこかおぐらい気持ちにさせられる。その中で、卵巻きだけが金メダルのように輝いている。

私の育った出水駅前の春日町という町内会は、かつては上朝日町と呼んでいた。いずれの呼び名からもわかるように、新しい集落だ。昭和二年に開通した現在の鹿児島本線の駅がらみで開けた町だ。ほとんどがよそからの移住者で、旅館・食堂・みやげもの屋も多かった。

それでも町内会では、鬼火焚き・七夕祭・盆踊り・盆相撲・十五夜の綱引きなどの行事が行われていた。仕事も出身地もそれぞれ違う人たちが寄りあい、その絆を深めるため、かつて居たふるさとに習い、これらのことを始めたのだろう。どちらかといえば、歴史も時代も感じられない安手で薄っぺらなものだったが、大人たちも子どもも結構しゃかりきになって取り組んでいた。

祭や年中行事は、地縁や血縁をよりどころとしながら、その枠をいとも簡単にはみだしてしまうような力を持っている。私にとっての祭は、常ならぬ食べ物と常ならぬ着物にありつけるのが、何よりの魅力だった。

だから、町内会でお葬式がある時は、素直に嬉しかった。尻尾《しっぽ》のあるおにぎりといえば、ここいらでは言わずと知れたサツマイモのことだが、その日だけは、尻尾のないおにぎりにありつけたのである。ガキたちは目を輝かせ、舌なめずりしながら、集会所の炊事場のまわりをうろついた。ただ、一回だけ、遊び仲間が死んだ時だけは、彼が白いおにぎりに化けたようで、どうしても食べられなかった——。

嘘——負け続きのマウンドで

幼い頃、母や姉たちの寝物語を聴いて育ったせいか、やがて私もあることないこと空想して物語るような子になった。腕力だけでなく話力も強いガキ大将だった。

嘘つきは泥棒の始まりだと言われるが、私は嘘つきは物書きの始まりだと思っている。

ただ、はっきりとした魂胆で嘘をつき、それをしっかりとがめられたのは、小学三年の時だった。私は市の相撲大会に出ることになっていた。団体戦は校区の予選で敗れたが、個人戦への出場である。私は前年度のチャンピオンだった。しかし私は、野球は好きだったが、相撲は強いわりには、さほど好きじゃなかった。

そんなある日、隣の中・高校生のオニイさんたちが、近くの島にキャンプに行く話をしていた。私の目は輝いた。裸になるなら、ふんどしをしめて土俵で砂にまみれるより、海辺の砂にまみれるほうが、どれだけましか知れなかった。しかも相撲大会は、町内会代表の団体戦でなく、個人戦である。私ひとり出なくても誰にも迷惑はかからない。私の中で虹がかかった。私はオニイさんたちにキャンプへの参加を告げた。

その日の夕食時、私は母に、腕が痛いから今度の大会には出られないと言った。母は、だったたらその旨補導員に言わなくてはと言いながら、心配そうに聞いていた。私は欠場がすっかり認められたような気持ちになり、つい嬉しくなって、キャンプに行くと喋ってしまった。

異変は、その時おきた。母の箸を持つ手が止まった。バンと食卓を叩くと、母はものすごい剣幕で怒りだした。私の虹に、一瞬、黒雲がかかった。私は呆気にとられた。

相撲大会をサボって海に行くのがそんなに悪いことなのか、と思った。私はベソをかいた。母は私に、即刻、隣に行くよう命じた。私はズックをつっかけ、隣に行き、海行きはダメだと泣く泣く言った。

以来私は、何べん嘘をついてきた、と言うより何べん嘘を生きてきたのだろうか。太宰治は『人間失格』の中で「恥の多い生涯を送つて来ました」と書いている。私ならさしずめ「嘘の多い生活を送って来ました」と書くところだ。

ここから先は、イメージとして言うのだが、私は嘘もいっぱい本当もいっぱいで生きてきたし、生きてゆくだろうと思う。野球のピッチャーにたとえるなら、八十二勝二百三十七敗くらいの成績で、本当と嘘とを生きわけるという感じだ。二百勝の名球会はおろか、百勝にも届かない。しかもぼろぼろになりながら、引退も許されず、生涯現役でマウンドに立ち続けるのである。

むろん、登板しなければ負けるはずもない。誰も好きこのんで負けるわけではないが、負けないぞ負けないぞと思いながら、いつも最後のところで詰めを誤るのである。

評論家ふうに言えば、自分の分が悪いところでこそ、ごまかしやかわす投球をすべきなのに、そこでムキになって本気になるのが、結果的に敗戦数を、つまり嘘の人生を増やしているということになろうか。

嘘の魂胆はいつも他愛ないし、本当のそれもいつも単純だ。ただ私は、本当をめざしながら、いつも嘘の地平を歩いている気がする。これだけは、間違いなく本当のことだ。

男と女——わがままとがまんの間

はたちの頃、仲間と飲んでいて、女性の話になると、私はなぜか無口になった。好きな女性のことを聞かれても、好きな女優のことを尋ねられても、私は口を濁した。小説や映画のヒロインに託して、わが胸のうちを得々と語るということもなかった。すると彼らは、なかばあわれむような、なかばあきらめるような表情で言ったものだ。

「お前の女性観は、貧困だね」

むろん、私にも好きな女性はいた。好きな映画スターだっていた。しかし、ファンの特権とはいえ、彼女たちについて臆面もなく喋りちらすというのは、モテた自慢話と同じで、私にはどこか気のりのせぬことだった。

女の人とのことは、そんなに調子の良いことじゃないぞ、と心の片隅でふんばるものがあった。それに、私は自分の作品が誰かに似ていると言われるのが嫌いだったが、仲間たちが女性同士をくらべたり、誰かになぞらえたりするのも嫌いだった。

彼らにからかわれるたび私は、「俺は目の前の女性のことしかわからないんだ」とほざいてみせた。と言うものの、私の現実直視たるものは、貧しさにもまして怪しいものだった。

男子高校の三年間は、『更級日記』の少女が物語を読もうと都に憧れたように、いろんな女性とめぐりあうために、一刻も早く鹿児島を出たいと願い続けた日々だった。念願叶い、東京に来た私は、多くの生身の女性を目のあたりにして、思わず鼻の穴をふくらませたほどだ。

その揚げ句、私は晴れて実在の女性を好きになったのだが、しかし、ふたりきりになると、私は身にたまるモヤモヤと、心にたまるモンモンをうまく発散できなかった。私の無口というのは、あるいはそれを気取られないためのポーズかもしれなかった——。アア、イヤダ。

当時は、とにかく理屈っぽい時代だった。今ふりかえると、私の仲間たちは人に負けじと、女性についての無いウンチクを傾けたがったり、借りものの思潮でやたら武装をしていただけのことだ。そして私はと言えば、真剣深刻そうにみえて本当は軽薄なムッツリスケベだった。両者とも、青臭く、頭でっかちだ。何のことはない、女性のことより自分のことで忙しかったのだ。

しかし、こんな私にも、清水の舞台から飛びおりる日があった。

告白したんですね、愛とやらを。

そして私は、ギャフンとなった。

「美しき誤算のひとつわれのみが　昂《たかぶ》りて逢い重ねしことも」

若くして死を選んだ岸上大作という人の歌を、私はいくたび口に出したことか。自分が相手にぞっこんなほど、相手は自分のことなど思っていない、そうだそうだ、これが人生なんだ、と私はひとり酔いどれ、うなずいたり歌を叫んだりした。

だがどうしても、「美しき誤算」というのが、私には引っかかった。自分の誤算を美しいだなんて。女性にむかって美しいと言うのと同じくらい、紋切り型で歯の浮くような言葉じゃないか。むろん彼は、美しいものを美しいと言いきることで、彼の人生をスコンと突きぬけたのだろう。

ただ、死ななかった私は、男と女はおたがい、わがまましたりがまんしたりしながら、どこかカッコ悪く生きてゆくのだと思い始めていた。

幸か不幸か、この思いは、今も変わらない。だから、女性と人生に美しいと言ったら、即刻私は死ぬまでだと思っている。

冬景色——鶴と一緒に帰る家

カラスと一緒に帰りましょうではないが、幼い頃、冬になると、私はいつも鶴と一緒にわがやへと帰っていた。

寒々とした夕空を、鶴たちがネグラをめざす。すると刈株だらけの田んぼで泥だらけになって野球をしていた私たちも、家路につくのである。

「ツル　クワッ　クワッ　カギになあれ」

ひとりがそう呼びかけると、誰ともなく私たちは、「サオになあれ、リンゴになあれ」とはやしたてた。

むろん、鶴たちは私たちの騒ぎなどどこ吹く風と、出水の海辺をさして飛んでゆく。だがまれに、私たちが言った通りに、その編隊飛行の形を変えることがあった。すると私たちは、自分たちが鶴の親分になったかのように大はしゃぎするのだった。

夕焼けの中、鶴たちに投網を打ったように立つ銀杏や柿の木も、私の好きなもののひとつだった。

まるで関節のひとつひとつがいじけたような柿の梢。針のようにトゲトゲしい銀杏の枝。髪の毛が逆立ったような欅《けやき》の木立。それらはこゆごゆとした照葉樹の緑を見慣れた目には、異邦人のように映った。木が化けの皮をはいだのだ、私はそんな思いに駆られながら、逆光の中うっとりと立ちつくすこともあった。

しかし、そんな寒い日の夕暮れ時、苦手なこともあった。わがやに帰って、父がいるとギクッとした。帰宅の門限が過ぎているわけでも、衣服が汚れすぎているわけでもない。私は、父と交わすやりとりが、単にイヤだったのだ。

「ただいま」という挨拶もそこそこに、父のかたわらを通りすぎると、必ず父が聞くのだ——。

「今日は、寒かったろう」

そんなの聞かなくったってわかってるじゃないか、と思いつつ私はウンと答える。

すると父が言う。

「泣いた子はおらんかったか、寒い寒いちゅうてのう」

いつもこればっかし、寒いくらいでベソをかくやつはいませんよーだ、そう言いたくても口には出さず、オランカッタと言って私は奥へ行く。

私はこんな他愛ない話しかできない父がうとましかった。世の常の父は、もっと違う感じがした。

しかし、父は話題が少ないのではなかった。四十七歳の時に生まれた孫のような子と、必死に話の接《つ》ぎ穂を探しているのでもなかった。そう思ったのは、私が人の子の父となってしばらくして、奥様を亡くした人の話を聞いた時だった。

「岡田君、家内がいなくてね、こたえるのは、寒さでも、家事でもなく、帰った時、誰もいないことなんだ。今日は冷えたね、そんなことを言っても、返事が来ないのが、しんからこたえるね」

その時私は、かつて父が私に語りかけたことの意味が、少しわかったような気がした。何気ない天気のことなどが話題になる時が、じつは人は一番つつがない時なのだ——。人は、大事なことは後になって気付くものらしい。むろん、父は今いない。

その父が、不治の病にかかった時、たどたどとした字で、勘当された私に告げこした文句があった。

「シベリアの鶴だって、年に一度は帰って来る」

しかし、私がわがやに帰ったのは、それから三年後だった。

約束——水に流した誓いの指輪

私は指輪をしていない。べつに主義主張があってのことではない。単に、なくしたのだ。

——田舎に帰って来て、何もすることがないから、結婚でもしてみようと思うのです——

ボウリング場で知り合った女性をこんな味も素っ気もない言葉で口説き、私たちはエイプリル・フールの日に結婚した。式では、人並みに永遠の愛を誓い、指輪交換もしたのである。新婚旅行には行かなかったが、その夜は仲人の家で麻雀をして、タバコ臭い体で朝帰りもしたのである。まあこれくらいのことは、一九七〇年代はじめの頃は、珍しいことではなかった。不実とか不見識と言われるほどのことでもなかった。

しかし、五月が過ぎ、八月になり、鮎漁が解禁になったある日、川に潜って鮎を追いかけている間に、いつしか私の指から、指輪が消えていたのである。川にちょっとつかると指はふやけてくるが、つかりすぎるとかじかんでくる。その日は大漁だった。私はわがやに帰って、はじめて指輪がないことに気付いた。

鮎とり仲間たちが、「愛よりも鮎が大事」、「永遠の愛を水に流した」とか、「これは指をつめなきゃあ」と下手な駄洒落でからかったが、わがやには川の淵よりも深く冷たい氷河が流れていた。あるいは妻君は、私が指輪をなくした軽率さや、愛などというものの軽重より、素直にそのもったいなさに立腹しているのかもしれなかった。

私はしおらしくこう言った。

「明日、もう一回、川を探してみるから」

すると彼女は、にべもなく言った。

「それって、また、川に行く口実なんでしょ」

私は黙りこくるより外なかった。

ところが、夫唱婦随と言おうか、指輪には指輪をと言おうか、それから二カ月たったお盆前の昼下がり、今度は妻君が指輪をなくしたのだ。

近くの海水浴場だった。浮輪で波間に漂っていた彼女が叫んだ。

「指輪が、落っこった！」

私はすぐに潜った。しかし、水中メガネもなく、背が立つか立たないかの外海である。しかも底は砂地だった。私は懸命に目を開いて潜ったが、目にはプラチナの輝きどころか、海水がしみてどうにもならなかった。

私はモーゼのように海水を干上がらせられたらと思ったが、むろん海水は干くどころか、さらに満ち続けていた。私の頭の中では、指輪の面影とお札の面影とが、まるでクラゲのように漂っていた。貧乏な時に限って、こういうことはおこるものである。海をうらめしげに見ながら、私はつぶやいた。

「おあいこだね」

すると、妻君が言った。

「結婚した時は、ちょうどだったのに、ゆるくなったのよ。指輪も、水着も」

そういって彼女は、私の前に手を広げた。私は彼女をしげしげと眺めた。たしかに彼女は、結婚前よりひと回り痩せていた。私はひと言もなかった。

式の前夜、彼女の母から「お願いします」と言われ、私は「まかして下さい」と約束した。しかし、私は一体、何をまかして下さいと言ったのだろうか。渚では、土用波が寄せては返し続けていた。私には、ふと、沈む夕陽が指輪に見えたりした。

親心——チラシの裏の片カナ手紙

母についての思い出を書きたい。ふたつある。ひとつは、古臭すぎてわかりにくいかもしれない。ひとつは、わかりすぎるくらいに単純なことだ。それでも、書いてみる。

明治三十五年生まれの母は、字が下手だった。水茎のあともうるわしくというより、もともと書き文字を知らなかったのだろう。時折、字を書く時は、鉛筆をなめなめ書いた。片カナが多かった。父は、素直に母の悪筆というか無筆を馬鹿にしていた。中学生の頃の私は、喋る言葉が書けないという人が、とても信じられなかった。私は母を馬鹿にはしなかったが、どこか恥ずかしかった。

その母が、大学生になった私に手紙をよこす時があった。母の手紙は、しかし父が宛名を書いていた。武蔵野市などという字がうまく書けないので書いてもらうのか、それとも見た目の悪さをはばかって代筆を頼んだのか、わからない。あるいは単に、父との共同作業を楽しんでいたのかもしれない。ただ私は、母の手紙が届くたび、自分の生き方をふたりのタッグマッチの手紙で責めたてられているようで、いつも気が重くなった。

やがて私は、大学を辞めると言い張った。勘当されることになった。そんな日、母の手紙が届いた。私は手切れ金くらいが入ってるのだろうかと、調子の良いことを思いながら封を切った。封筒は薄かった。お金は入っていなかった。なあんだ、と思った。見慣れた鉛筆文字が、チラシの裏に書かれていた。

「イツモ　夜　ユメヲミテ　アナタノユメヲミルノデス　アナタハアヲイ顔シテ　去ッテユクノデス　私ハ呼ビマスガ　アナタハ帰ッテ来マセン　ダケドモ　ドウニモナリマセンノデス」

わずかこれだけの文章が、ぎしぎしという感じで書かれていた。

「だけど、どうにもなりませんのです」。私もそう呟くよりほかなかった。そして、手紙を読みながら、こうやって俺は家を出てゆくんだよな、といくたびも自分に言い聞かせ続けた。

いまひとつの思い出というのは、包丁にまつわるものだ。母は筆を握らせればからきしだったが、包丁さばきは上手かった。気合があった。その包丁と気合が、スックと立ったことがあった。東京から帰ってきた私は、さるヤクザの親分の彼女とねんごろになっていた。田舎町ではすぐ噂になる。

ある日、母が私を仏壇の前に呼び出した。私がしぶしぶ座ると、やにわに母は、ふところから包丁を取りだした。そして言った。

「あの人と一緒になるのなら、あなたを殺す。一緒になるのなら、私を殺してから一緒になれ」

私は、ヤクザの親分からも脅かされ、わがやでも脅かされたら、立つ瀬がないよとふざけようとした。しかし、母の顔には、鬼気迫るものがあった。底光りする母の目を、私ははじめて見た。恐ろしかった。……やがて、私たちは別れた。

十年後、母が死ぬ前、このことを言った。親にできるのはそれくらい、と言った。私は、なるほどそれくらいか、とうなずいたが、それくらいがどれくらいか、わからなかった。また、それくらいがどれくらいか、まだわが子に試したこともない。

贈り物——五百円札についた鱗

「無塩《ぶえん》の魚《いお》は、いらんかなあ」

そう呼びかけながら、毎朝、魚を売り歩くおばさんたちがいた。駅前のわがや近くには、旅館や料理屋が多く、彼女たちにとっては良い稼ぎ場だったが、彼女たちはそれぞれ得意先を持ち、けっして人の縄張りを荒らすことがなかった。私たちは彼女たちを「名古《なごん》の得意《とき》どん」と呼んでいた。

出水市を流れる米ノ津川は、不知火海への注ぎ口の西側に大きな砂洲と入り江を造っている。

名古はそこに開けた浦町、つまり漁師町だ。

ここの男衆は、口八丁手八丁と言われ、操船術や漁労にもたけていたが、無類の芝居好きでもあった。明治になって苗字が許されると、人々はちゃっかり歌舞伎役者の名を失敬した。今でも集落には、中村・嵐・尾上・市川・沢村・坂東という家が軒を連ねている。また女衆は働き者だった。彼女たちは、男衆が獲ってきた魚を、天秤棒かついで振り売りした。のちには、リヤカーを押すようになったが、まだ走る魚屋などからは程遠い時代だった。

わがやに来る行商のおばさんを、私はノブさんと呼んでいた。ふっくらした色白の人だった。メゴバライといって、持って来た魚を売り切ると、彼女はわがやの上がり框《かまち》にこしかけ、魚をこしらえるのを手伝ったり、世間話に興じることもあった。

私は幼い頃、カサゴやイトヨリ、それにタイなど、赤い体で白身の魚しか食べなかった。赤い魚がある時は、ノブさんは私に笑いかけ、ブリキの蓋をとって、私に中をのぞかせた。青ものの魚と氷の中に赤い魚を見つけると、私はまるで宝物を見つけだしたようにはしゃぎ、母に買うようにせがんだものだった。

「まあ、この子のぜいたくさよう。うまかもんば、知って」

ノブさんはそう言いながら、爪のついたチキリで魚をはかるのだが、その手際は、まるで手品師のようだった。チキリの棒にこびりついた鱗が、宝石がちりばめられた魔法の杖のようにも見えたし、姉さんかぶりとモンペ姿が、私には妙に神々しく見えたりもした。

ノブさんは、小さなカサゴなど私におまけをしてくれることもあった。現金なもので、そうなるとますます私は彼女になつき、母からたしなめられることもあった。

「無塩の魚は、いらんかなあ」

そうやって、十年経った。私は中学を卒業して、鹿児島の高校に行くことになった。

その朝、玄関口で、私のめかした格好とボストンバッグを見て、彼女は驚いた。私は得意気に、鹿児島の高校へ行くと告げ、駅へと急いだ。すると、しばらくして、彼女が追いかけて来た。立ち止まった私に、彼女は姉さんかぶりをとり、黙ってちり紙に包んだものを渡した。私が受け取ると、彼女は再び、リヤカーの所に小走りに走って行った。

私は列車に乗った。列車が動き出してしばらくしてから、私は彼女がくれたちり紙を開けた。五百円札が小さく折りたたまれていた。お札のところどころに、乾いた鱗がついていた。それが私には、ノブさんの涙のように思われた。

さらにそれから十年経って、私は帰郷した。しかし、ノブさんは、実家には来なくなっていた。どうしたのと母に尋ねたら、水俣病で、と言ったきり、母は絶句した。そのしじまにも、無数の鱗がひしめいていた。

旅――仮のすみかの草枕

幼い頃、ふるさとの山の彼方は、なんとなく恐い所だった。幸いが住むどころか、鬼や蛇が棲んでいそうな世界と思っていた。

その山の彼方から、わがやを訪れる人と言えば、まず峠を越えて牛を引いて来る人々がいた。枕崎市からカツオ節を売りに来る行商のおばさんがいた。富山の薬売りがいた。門付けの人々もいた。ものもらいもいた。彼らのさまざまな出で立ちや言葉の訛《なま》りは、私の山の彼方への思いをやわらげることはなかった。私はますますおっかながった。

「あの山越えて、どこへ行った」

姉がそう唄うたび、私は幼心に泣きたくなった。

しかし、恐いもの見たさということもある。この恐さが、やがて憧れとなるのに、さして時間はかからなかった。

ひとつは、わがやが駅前にあったことにもよるのだろう。私は機関車でデゴイチの車輪とせいくらべしたり、くろがねの車体をなで回したりした。黒煙には閉口したが、石炭を燃す匂いは好きだった。

また、あとでこっぴどく叱られるのだが、線路に硬貨をのせ、列車が通ったあとのひしゃげたのを手に取り、改めて機関車の力のすごさを感じることがあった。これなら山の彼方の鬼や蛇も、蹴ちらしながら進むだろうと心強く思ったりもした。

いまひとつは、野球だった。田んぼや広場で野球に興じていた私は、時折、映画のニュースで観るプロ野球に驚いた。また一九五五年に来日したヤンキースの選手の顔と名前を、新聞でたちどころに覚えたりした。兄たちが川上哲治の悪口を言うと、涙ぐむこともあった。

『更級日記』の少女が、一刻も早く上京してこの世のありとあらゆる物語を読みたがったように、私も一日も早くスタンドのある球場で野球をしたいと願い続けた。野球は、私の異境に対する恐れをやすやすと打ち砕き、私の思いをかるがるとふるさとの山の端のむこうまで、オーバー・フェンスしてくれたのだ。

そして、異境への憧れが強くなるに従い、ふるさとへの恥ずかしさに似た思いも強くなった。ふるさとを出る、つまり巣立ちは草いきれと牛の堆肥臭いわがやから出ることであった。たとえばそれは後年、寝台列車の食堂車で、たらふく黒ビールを飲み、洋モクをふかすという欲求ともどこか通じるものがあった。

高校から大学へと、私は家を出、私の憧れはひととおり実現した。しかし、いつしか私は、野球ボールのかわりに、麻雀パイや火炎ビンを握るようになっていた。バットのかわりに、角材を握り回すようになっていた。バットならまだしも、人生を棒にふるとはわがやの面汚し、と私は勘当された。

帰るべき家も、大学も、仕事場もなかった。まして、愛する人のふところというのも持たなかった。その時から、私の本当の旅というのは始まった、と言ってよい。

私たちはこの世の旅人だ。そしてこの世は仮のすみか、という考え方を私は気に入っている。そのすみかで、この三十年、私は日々、強いられるようにして流されている。

どこに行くのかわからない。ただ私はどこかへ行こうとして帰り続けているし、どこかへ帰ろうとして行き続けているだけだ。

雨――降る鳴る光るそして泣く

雨に濡れるのは好きだ。春雨、夕立、秋雨、氷雨、いずれも好きだ。まぶすようなこぬか雨、音符のようにはねる雨、大粒の雨、矢のような雨、鉄砲のような雨だって大好きだ。雨に濡れるのは、みそぎに似ている。私のような人間でも、こざっぱりとした気分になる。つかのまなりと、胸のつかえをおろしてくれる。

ただ、雨が優しく感じられるようになったのは、色気づいてからだった。濡れる、漏れる、汚れる、淫ら、そんなサンズイつきの文字がなまなましく感じられるようになった時、雨はその薄よごれたサンズイを洗い浄めてくれるように感じられた。むろん私の勝手な思いだ。まさか雨を、ティッシュペーパーか浄化槽のように考えていたわけではないが。

幼い頃の雨は、やはりおっかないものだった。

一九五一年のルース台風の時、私はリュックを背負わされ、膝まで水につかりながら、夜半過ぎに高台まで避難したことがあった。悲鳴をあげる電線、横なぐりの雨を照らす駅の常夜灯、遠くで鳴るサイレン。濁流とともに、私は自分がどこか遠い所へさらわれてゆくような気持ちになった。

また、運動会での雨天順延という言葉は、小雨決行とともに最初に覚えた四文字熟語だったが、いやな語感だった。

雨の中で、火がつくように泣いたこともある。

七歳の時だった。私は兄に連れられて、川に行った。兄は川に潜って水中鉄砲でコイやウナギやナマズを突くのが上手かった。

ある日、私と兄が川で遊んでいると、夕立が来た。空は真っ黒になり、稲妻が光り、雷がとどろき、雨が激しく降りだした。

私は恐くなって川からあがり、橋の下に逃げこんだ。兄は私に、川の土手にはえていた里芋の葉っぱを手渡し、自分はまた深みへと潜りに行った。兄の息は長く続いた。兄の姿が見えなくなると、私は心細くなる。雷が鳴る。風が川面に無数の平手打ちを食わせたように、三角の波をたてる。負けじと雨が、そこに弾丸をうちこむ。兄はまだ、水から浮かびあがらない。

私は橋の下で、里芋の葉を頭にかざし、雷雨に負けぬくらいの大声で兄の名を呼んだ。泣き叫んだ。きっとカッパの捨て子が、ちり紙をまるめたような顔で、おなかを蛙のようにひくつかせて泣いている姿だったろう。

兄は淵からそれを見て、笑っていた。兄が笑うたび、私はさらに激しく泣いた。

やがて川は、みるみる濁ってきた。私たちは家路についた。私はしゃくりあげながら兄の自転車の荷台にのり、里芋の傘をさしていた。帰りつく頃には雨は上がった。

その夜兄は、私のありさまを、家族中に語って聞かせた。みんな笑った。私だけがベソをかいていた。父も「夕立は老人の頭と一緒で、古うなる光る、降る鳴る光るじゃ」と言って笑った。私は私の難儀と老人の頭がどんな関係があるのか、大人はとんちんかんなことを言うものだと、とんちんかんなことを思った。

自分の悲劇が、他人には喜劇となる。思えばこれが、私の家族の悪意あるいは世間の常識と出合った、はじめての経験だった。私は時折、私が血より雨好きな水くさい人間になったのはこのせいだとうそぶくのだが、もちろん誰もうてあわない。

駅——さざ波が立つホーム

駅のホームに立つと、今も昔も、心になぜかさざ波が立つ。わが町の駅に限ったことではない。そのさざ波が押しつけがましくなく、センチメンタルに感じられるくらいが、私は駅らしい駅だなあと思う。

だから私は、のっぺりとした表情の駅や小洒落《こじゃれ》た駅は、好きになれない。駅はさびしい所だ。あるいは、さびしい所であってほしいと願っている。むろん、昨今では、田舎の駅はさびしいどころかさびれてゆくばかりだし、こんなことは私の勝手な思い込みにすぎないのだが——。

洟《はな》たれ小僧の頃、鹿児島本線出水駅の構内や操車場や機関庫は、私たちの重要な遊び場だった。私たちは石炭ガラや豆炭を拾いながら、「駅のスズメはマックロケノケ」などとはやしたてたりした。

通り過ぎる列車を眺めるのも好きだった。手を振りながら、私は「俺も連れてってくれぇ」と、心の中で叫び続けた。時には、延々と続く貨物列車の数を得意げになって数えたりもした。

この八月から、出水駅では新幹線の駅舎工事が始まったばかりだが、駅前に格別の勢いはない。ここにはかつて、土産物屋や旅館や食堂がひしめいていた。現在では、駅弁屋もノレンを外そうとし、大きなビジネスホテルが一軒あるだけだ。おそらく新幹線が開通しても、この駅前通りがかつてのように活気を帯びることはまずあるまい。これはおそらく、ＪＲのダイヤより正確な私の予測だと思う。

ただ、南九州には私の好きな駅が多い。

肥薩線の嘉例川《かれいがわ》駅や大畑《おこば》駅は、無人の木造駅だ。昔ながらの木のベンチ、燃えることを忘れたダルマ・ストーブ、ほこりの積んだ机、古いポスター、そのかたわらをかさこそと駆けぬけていく枯れ葉、こういう風景を目にすると、私の旅情はなんとなくケバ立ってくる。

また廃線になったが、宮之城線の鶴田駅も好きだった。駅前広場には、ふたかかえ以上もありそうなイチョウがぶっきらぼうに立っている。こんもり茂ったその枝は、木枯らしの頃には北の方から黄色くなり、やはり北の方から散ってゆく。線路は今、舗装道路になったが、ここに来ると、私は自分が来ない列車を永遠に待ち続けている旅人に思われてくる。月の夜など、天の川が銀河鉄道に、手にしたイチョウの葉が幻の切符のように思われたりもする。

逆に、人間臭い駅では、指宿枕崎線の五位野《ごいの》駅や坂之上駅が好きだ。ここでは駅のホームが、線路と道路の間をまるで狭い縁側のように走っている。駅前広場どころか階段もない。改札口を一歩出ると、そこはそのまま往来だ。

だけど、こんなちっぽけな駅にも旅立ちや出会いがあるのだと思うと、私の心にやはりさざ波が立つ。むろん、ここを日々利用する通勤・通学客にも、ささやかな人生のドラマが誰にも気付かれずくりひろげられていたりもするのだが。

心に立つさざ波が、喜びにうねるのか、悲しみにゆれるのか、あるいは何事もなくなぐのか、私にもわからない。ただ、私は勝手に、駅は私のさざ波をたたえる器であってほしいと願っている。さびしく満たされる元気、そんなものがあってもよい。スマートでこざっぱりとした駅なら、空港にまかせておけば、と思う。

秋空――人肌優しき風の頃

肌ざわりの良い風が乾いたハンカチで、汗ばんだ空をふきとってゆくと、秋空が姿を現す。秋の空は、ふところが深くて優しい。底抜けの青さのもと、田んぼでは稲が金色に波うち、山々では薄が銀色に波うつ。わがやにも、どこからともなくキンモクセイの香りが漂ってくる。

朝、目をさまし、もちょっとと蒲団の中でぐずぐずするのが楽しいのも、この頃だ。そして枕辺の障子がほの白く感じられたりすると、私は、もうすぐ鶴が来るんだなと思ってしまう。

鶴たちは、稲の取り入れが終わるのを見すかしたように、はるばるシベリアからこの出水平野にやって来る。むろん彼らは、日本の天気概況や出水の様子をインターネットでアクセスするわけではない。今さらながら、見えないものを感じとる彼らの五官の素晴らしさに感心するが、人間だってもともとこのくらいは持っていたのだ、と言いたい気にもなる。

天高く気が澄む頃は、川の水も澄む頃だ。彼岸過ぎ、川は冷たさを増してくるが、ぼってりとふくらんだ落ち鮎のおなかを見ると、そこには命が埋《うず》み火のように息づいていると思う。いやいや、それは単に私の狩猟本能がほてっているだけかもしれないが、秋風に川原の駄竹やヨシがざわめいたら、何はさておき網を持って川に走れ、と鮎とり好きの父から私は教えられたものだ。鮎が川を下るからだ。身重の鮎たちは、もはや夏のようにすばしっこくはない。それを網でとる。

清涼な浅瀬で産卵しながら海へと向かう彼らは、産卵を追えるとすっかりすがれはててしまう。そして体に、黒い斑《まだら》模様が浮きあがってくる。私たちはそれをサビ鮎と呼んだ。このサビ鮎の斑を見るたび、私はいつも木練《こね》り柿の果肉のゴマを思い出した。そして、川に居ながら、木の上に忘れ物をしたような思いに駆られたものだ。

さらに、鮎たちの後を追うようにして、山太郎蟹《やまたろがね》と呼ばれるモクズ蟹も川を下りはじめる。ガネテゴと呼ぶカゴを淵に沈めて、漁をする人もいる。エサは、青物のハラワタや頭が多いが、一番良いのはやはり鮎だ。香魚と呼ばれる鮎の風味を、あのむくつけき蟹も知っているのかと思うのは楽しい。

そして、鮎や蟹が川を下るのとは逆に、カッパは川をさかのぼり、山へと帰って行く。春先、里に来たカッパは、秋の実りを見届け、田の神様と同じようにまた山に帰って行く。少なくとも、この大川沿いで、私たちはそう聞いて育ってきた。

秋雨が降る夜、耳を澄ますとたしかに、「ヒョウン、ヒョウン、ヒョン」という声が川の方から聞こえる。すると母は、「ほら、ガラッパどんが、川をのぼって行く」と言った。そのたびに私は、どこかにさらわれていくような気持ちになり、母にしがみついたものだった。

秋雨は切ない。だが、秋の空はやはり優しい。秋風は、もっともっと優しい。秋風に吹かれると、私はどこかへ行きたくて、お尻がもぞもぞしてくる。鮎や蟹や鶴だって旅をするんだもの、人間がどこかうろつきたくなるのも当たり前だと思う。

肌ざわりのよい風になぶられると、人肌まで恋しくなる。ただそれがままならぬ時は、人肌カンの焼酎を飲みながら、わが身を空ゆく鶴やすがれた鮎になぞらえたりしている。

ごちそう——身も心も暖かくなるもの

ごちそうという言葉を、はじめて聞いたのは五歳の時だった。とある冬の日、姉と落ち葉焚きをしていると、そこに近所のおばあちゃんが来て、火に手をかざしながら言った。

「ああ温《ぬ》っか。火が一番のごっそ、ごっそ」

それから私は、身も心も暖かくなるのがごちそうだ、とおぼろげに思うようになった。むろん、身も心も暖まるのがごちそうと言っても、その頃は、腹さえ満ち足りればそれでよい時代だった。女性をかどわかすのにさえ、クルーザーやリゾートマンションでなく、ごちそうで事足りる時代だったのだ。

しかも、大家族で育った私は、早飯食いだった。私はいつも、戦場のようなあわただしさの中で御飯を食べた。冠婚葬祭の宴席でもそうだった。味わうとか、よく噛むとか、そんなことより、人より早くかきこんで、人より早くトイレに駆けこむ、これが最重要課題だった。

「ものを食べながら喋らない」という教えも、食事中は余計なおしゃべりをせず、食うことにひたすら熱中集中すべし、というふうに私は素直に曲解していた。

はたちの頃、家庭教師先のご婦人が、何を血迷ったか、私に見合いらしきものをさせたことがあった。

歌舞伎を観て、新橋の料亭に連れて行かれた。数寄屋造りの座敷には香が焚きしめられ、坪庭が見え、つくばいの水音が聞こえていた。そして、座卓の純白のクロスの上には、品良く盛りつけられた会席料理が並んでいた。

私は借りて来た猫のように座っていた。しかし、目だけは虎視《こし》眈々《たんたん》と目の前の女性でなく、目の下の料理に注ぎ続けていた。私は出身地のことや趣味、そして将来の夢のことなど聞かれたような気がする。が、ほとんどうわの空だった。

口取りやお造り、酢の物、茶碗蒸し、焼き物、それらを一気にたいらげた後、私はメバルの煮物にとりかかった。

事件はその時、起きた。目玉や頭の肉まできれいにほじりだして食べた私が、もう片ひらに挑もうとひっくりかえしたとたん、ぴちゃりと煮汁が四方に飛んだ。

女性がアッ！と小声で叫んだ。飛び汁は彼女のベージュのブラウスに飛び、純白のクロスをじつに猥雑によごしていた。私の頭はクロスより真っ白になり、次にそのシミのごとき黒雲が、頭いっぱいに拡がりだした。

「すいません、用事を思い出したもんですから」

そう言って私は、部屋を飛び出した。新橋駅まで一気に走り、薄汚いトイレで鏡を見た。私の鼻の頭とダンガリーのシャツにも、まるで返り血のように煮汁が飛んでいた。私はカーッと熱くなっていたが、鏡の中の私は、まるで真冬の鉄筋のように冷たく硬く立ちすくんでいた――。

絶対のごちそうというのは、至上の愛と同じく、この世にはありえない。ただ、どんな料理が並べられようと、味が自分の好みに合っていようと、ひとりの食事では涙がおかずになるし、いくたりかでの食事では笑顔がおかずになるということを、私は経験上知っているだけだ。

そして、身も心も暖めてくれるごちそうより、身も心も暖めてくれる女性が一番と言えば、アラゴチソウサマと笑われるだろうか。

未練——諦めとたらたらの間

未練には、自信がある。未練たっぷりに生きてきたからだ。ミスター未練。この世の未練が、どんなに日照りを迎えようと、私の未練の泉が涸れることはないと言ってもよいくらいだ。

もっとも、未練に自信があると言ったところで、無芸大食や嫉妬に自信があると言うのと似たようなもので、あまり自慢にはならない。しかし、確信を持って語ることができる、一字一句にきちんとした心当たりがあるとなると、未練はいちおしなんですね。未練には自信がいる、ということになりましょうか。

私の未練の根は深い。生後三日目までさかのぼる。

その日、裏の下駄工場が火事になり、母の乳はばったり出なくなったと言う。以来私は、近くの牛乳屋さんの牛乳で育てられた。今思えば、当時五十歳近い母の乳は、火事の有る無しにかかわりなく、既にひあがっていたのではないかと思うのだが、さしあたってそれはどうでもよい。もはやたしかめるすべもない。ただ、生まれてまもなく、私はオッパイをとりあげられたという事実が大事なのだ。

だからだろうか、警察の調書ふうに書けば、私の中ではオッパイに対する深い未練とあわい思慕が支配的だった。ときおり、私の唇と手がものさびしくなる時、その彼方には常に色白の母の吸えずじまいの乳房があった。しかも色気づいてからは、これは母親から女性全般へと対象が変貌をとげてゆく——。

なんて、これは自分の助平ごころと甘ったれの弁解以外の何物でもないのだが……。

しかし、はたちすぎても、私は未練の王道を歩いて来た。

まず、家から勘当されたくせに、家を棄てることができなかった。次に、この世と別れることができなかった。さらに、女性からうまくフラれることができなかった。

あれは、みぞれの降る夜だった。

私は二階建ての女性の家の下の、垣根越しの電話ボックスにいた。にじむ町の灯よりもうるうるした目で私は彼女の部屋の窓の薄明かりを眺めていたに違いない。虫の知らせか、彼女はカーテンを開けて曇りガラスをふき、外を、というのは嘘だ。彼女の部屋のカーテンは微動だにしなかった。私は公衆電話のダイヤルを回した。しかし、呼び出し音が一回鳴った時、私は受話器を置いた。そして、ボックスを飛び出し、いっさんに駅に走った。

フリカエッテハイケナイ、とまるで呪文のように唱えながら。

だが、フリカエッテハイケナイと言い聞かせながら、私は何回も何百回もふりかえっているのだ。むろん、ふりかえるたびに、見えるものが異なって見えたり、ふりかえる当人の目が定かでなくなることはあるのだが、私たちはその時も、何十年経っても、ふりかえるのだ。

人間諦めが肝心、と言われる。だが、口癖のようにそう言う人に限って、けっこう諦めも往生際も悪いものだ。私だって人後に落ちない。私の命の振り子は、いつも目一杯、諦めと未練たらたらの間を揺れ続けてきた。

だが、考えてみれば、詩人なんて未練と見栄のかたまりだ。黙って生きればよいものを、めんめんと歌い、しかもそれをシャバの人に押しつけようというのだから。

別れ——サラバ大学バサラの青春

私が、サラバ大学と言った理由ですか、そうですね、たいした理由などないのです。いつのまにか、大学なんかどうでもいいと思うようになっていましたから、さして悩みもしませんでした。むろん、大学紛争のあおりを食ったわけでもありません。あおりどころか、私なんか当事者、被害者というより加害者ですよ。かと言って、その責任をとって潔くというわけでもありませんけどね。

女性にフラれたからです。本当ですよ。大学に女を学びに行ったのかと言われても困りますが、好きな女性との関係が、ダメダコリャアと思い知らされた時、目から鱗と申しましょうか、私には花の都もキャンパスも、とたんに色あせて見えてきたのです。

さる偉いお坊さんが、その土地との縁がつきたらその土地を去りなさい、と言っていましたが、私はいっそこのシャバとの縁がつきてくれないかと思っておりました。しかし、くだんの女性から、「あなたは死ねるほど、強くもないし弱くもないわ」と、まるで王手飛車のようにピシリと言われ、私のこの世へのサラバは万事休すになってしまいました。

げに恐ろしきは、恋ならずや、ですよ。

ですから、大学への感慨なんて、何もなかったですね。もともと勉強が嫌いだったのでしょう。辞めると言ったって、みんながタテに出るところを、ヨコに出るくらいじゃないかとほざいていました。それに、辞めたところで、高卒の人と同じスタート・ラインですよ。だから、紛争後、大学へ帰る仲間を見ても、うらみもしませんでしたし、うらやましがりもしませんでした。

ただひとつうっとうしかったのは、なぜ大学を辞めたのかということを、あちこちで聞かれることでした。まあ、いずれそのうち慣れるか、聞く方だって飽きるか、どっちかだと思っていましたがね。

そんなことより、大学に行かなくなって勘当されましたから、なんとなく天上天下ひとりぼっちの気分になり、ウン、この心細さとさわやかさは捨てがたいぞと思えることの方が楽しいのでした。

私には、大学を辞める事由なんかより、辞めた事実の方が、はるかに重たかったのです。そして私は、くだんの女性や東京の仲間や家族に、アバヨと心の中でつぶやきながら、この世の片隅でひっそりと暮らすつもりでした。

ところがところが、ここから先が計算外というか、覚悟のホカのことでした。月並みなことですが、私は学生時代にもまして、暴れ、荒れたのです。日雇いで放浪しながら、酔っては喧嘩をしました。相手を殴ることが、自分の中の過去や文学臭を、すべて叩き出すようなものでした。情で拾われた義兄の会社では、ストライキまで指導しました。ヤクザの親分とさる女性を張り合いました。何がひっそりなものですか。指どころか手足の一、二本へし折られてもよい生き様であり、無様さでした。

何のことはない、どこへ行っても、私は無責任で伝法《でんぽう》な浮草だったのです。今では、その浮草が、この地に妙な根まで下ろしています。

しかし、それもいつまで続くことやら。何せ、恋の痛手とやらにかこつけてかカッコつけてか知りませんが、三十年も生きてしまう気まぐれなんですから。

秘密——共有より共犯の快感

誰かと秘密を持つ、というのは好きだ。共有者というより共犯者ができたみたいで、ぞくりぞくりとする。男と女が秘密を持ちはじめると、恋になる。三人以上が秘密を持ちはじめると、宗教になる。何となく、そう思う。

ただ私は、口も尻も軽いお調子者だから、自分の口の軽さにほとほと閉口し続けてきた。

だが、こんな私にも、誰にも言えない悩みというのがあった。それは、男と女のことでなく、わが兄弟のことだったが……。

私は身内のゴタゴタ、つまり兄たちの欲と金にまつわるいさかいを、細君に打ち明けられなかった。言えば愚痴になる、言わねば水臭い。しかし、私は黙っていた。身内の恥は、たとえ細君でもさらしたくないという見栄もあったかもしれないが、言ってもわかってもらえないだろうと思っていた。

〈そう言っても、兄弟でしょ〉

世間の人はそう言った。

だが、親亡き後のこじれた兄弟喧嘩というのは、末期のガンより始末におえないものだ。しかも私は、兄たちの仲裁で間に立ったつもりが、いつしか双方から矢面に立たされる羽目になっていた。

やってられないな、が、まあ、時間が解決するさ。私は時の経過に、思いを寄せた。しかしゴタゴタは日々、より陰湿により深刻になってゆくばかりだった。それとともに、私の口も固く重くなっていった。

やがて私は、焼酎をアテにした。黙々とあおり、泥のように眠ろうとした。お茶断ちということがあるが、私は逆に、毎日焼酎五合瓶一本あけるのを、自分に課した。ていねいにていねいに時間をかけて、自殺するようなものだった。そして、このとんでもない求道というか、道を極める極道の日は、丸二年間続いた。

寝不足・飲みすぎ・ストレス、この三点セットがそろえば、肝臓がやられるのは、明々白々なことだ。やがて私は、じっとしていても膝が笑うようになった。

こうなれば、いかに秘密にしていても、私の尋常ならざる事態に周囲は気付く。誰もが養生と入院を私に進言した。しかし、もともと体にだけはヘンな自信をもつ人間の悲しさか、私は聞き入れなかった。それどころか、まだ鍛え方が足りないと、私はさらに酒量を増やし、夜な夜な走り続けた。そして、とある日、めでたく昏倒した。十五年前のことだ。

私は酒と秘密を共有しようとして、ものの見事にフラれたわけだ。以後二年、つきあいを断っていたが、どうにか復縁かない、今またよろしくやっている。

秘密というのは、迷惑なものだ。しかし私たちは、迷惑をこうむるだけでなく、誰かに迷惑をかけるのにも、時としてぞくりぞくりとした快感を感じるから、困るのだ。

道草――急げど回るわが小道

道草のない人生なんて味気ない、と私も時折言ったりする。しかし、これもあまり言い過ぎると、自分のまだるっこい生き方を弁護するみたいで、イヤミに聞こえる。

それに、道草を食ってる当人は、これが道草だなんて、まず思わないものだ。私の一生だって、紆余《うよ》曲折にみちたものか、愚直な一本道か、とんでもない回り道か、その評定は、せいぜいお通夜のお客様にでもまかせておけばいい。

どちらかと言えば私は、寄り道回り道より、近道が好きな人間だった。気も長い方じゃない。駆けっこだって、負けるのは嫌いだった。持久走の時は、どこか抜け道はないか、血眼になって探したほどだ。蛇の蛇行、ジグザグデモ、チドリ縫い、すべて嫌いだった。大学だって、早くシャバに出ようとして、卒業を待ちきれずに飛び出たのではなかったか。

仕事だって、コストや効率なんて口走らないけど、要領よく片付けるのが大好きだ。ただ、なぜか飲み方と人づきあいだけは、いまだどうにも要領が悪いのだが。

幼い頃、私は母に、まっとうな道をまっすぐ歩めと、教え聞かされて育った。兄たちのせいもあった。六人いる兄たちは、中にはやくざな生き方をしたり、質草と友達になったり、まるで道草の牧場のような所で生きているのが多かった。

小学五年生の、とある夜のことだった。父母とひとつ蚊帳で寝ていた私は、寝物語で目が醒めた。ふたりはヨソに出た兄たちの消息を語り合いながら、兄の行く末を案じていた。私は寝たふりをして聞いていた。すると母が、ぽつりと洩らしたのだ。

「こん子だけは、すなおに育っとるごたる」

私は寝返りをうった。そして両親に背中を向け、もどかしさと嬉しさに、顔をくしゃくしゃにした。そして、ヨシ、スナオニ生キヨウ、と自分に言い聞かせた。

人生の岐路も道草と同じく、当の本人にはそう感じられないものだ。人はいつも、いつしか思いもよらぬ道を歩いている自分に、気付くだけかもしれない。

こんな時、私は迷うことも選ぶことも、さしてしなかった。ただ足だけが、自分への一番の近道と思われる方へ素直に向いていた。

母は私を勘当する時、回り道でもよいから、とにかく自分の足で歩いてくれ、と言った。そして四年後、厚かましく私が帰郷した時には、私には言わなかったが、隣の駄菓子屋のおばさんに、人の道さえ踏みはずさなければ、とこぼしていたと言う。

急がば回れでなく、急げど回るはめになるのが、私の自分への近道だったのかもしれない。

「こん子だけは、すなおに」

そう、私こそが一番、自分の心に素直に生きているのです、と私は母に言いたかったが、ついに言えずじまいだった。言わなくてよかった。

言って、どうするのだ——。

におい——色とりどり　夢のあと

匂いは、木の花でくちなし、幹で檜《ひのき》、木の実で梅、根っこで肉桂《にっけい》。草花なら蓮に紫蘇、海の幸ならアオサだろうか。芭蕉は、「何の木の花とも知らずにほひかな」と吟じているが、そこはかと漂うさまに、鼻だけでなく心もくすぐられる。

草いきれや人いきれ。花の香にせよ、動物の臭いにせよ、埋もれたり溺れたりするのは、苦手だ。菜種やどくだみ、楠《くすのき》の香やジャスミンだって、濃すぎてきついと思われる時がある。

若い頃、ポマードやチックに代わって、整髪料が登場した。「バイタリス」だった。しかし、それをつけていると、私はネズミの糞を頭にのっけているような気分になった。くらくらした。

匂いにも、さじ加減がある。同じ匂いが、分量によっては、芳香にもなれば、悪臭にもなる。

良い思い出の中には、なぜか良い匂いが、漂い息づいている。

なつかしい匂いがある。

秋日の、藁《わら》を燃す匂いだ。この匂いがすると、運動会が近いことを思い、汗ばんだ心が、今でも青空のように乾いてくる。

反対に、恐いもの見たさではないが、イヤな匂い嗅ぎたさのようなものもある。

抜いた虫歯の、あの血が饐《す》えたような匂いが、私は好きだった。上の歯は床下に、下の歯は屋根に捨てるようにと言われていたが、私は捨てずにチリ紙にくるみ、時折取りだしてこっそりとその匂いを嗅ぐこともあった。


田舎育ちの私は、今でも牛小屋と豚小屋と鶏舎の匂いを嗅ぎわけられる。むろん、こんな違いがわかるからと言って、どうということはないのだが――。

そう言えば子供時分、私たちは田畑にまかれる下肥の匂いがすると、「田舎の香水だ」と叫んで顔をしかめつつ笑ったものだった。

そんな頃、はじめて行ったデパート地下の食品売り場の匂いには驚いた。バターとクリームの甘やかなこうばしさ。

私にはデパートが、まるでおとぎの国のお城のように見えた。

納豆やブルーチーズを食べるようになったのは、女性を知ってからだ。匂いは、食欲と性欲の潤滑油のようなものだ。人は、性器だけで愛するわけではない。あるいは、人は心だけで信心するわけでもない。

若い頃、ホテルに泊まった。部屋を出る時、片付けに来たおばちゃんが、「あら、この部屋、ニンニクの匂いが」と洩らした。

私たちは前夜、朝鮮料理を食べていた。その香りというより、私たちの「がんばり」が、つわものどもの夢のあとのように、部屋のすみずみにわだかまっているようで、私はちょっぴり恥ずかしかった。

むろん、私たちは、自分たちの匂いには気付かなかった。

水――福田さんのおばさん

福田さんのおばさんは、南国のにわか雨のような人だ。大粒で、何様《なにさま》激しい。しかも泣きと笑いをきれいに降り分ける。

福田さんのおばさんは、と私はかつても今もこう呼んでいるのだが、今七十八歳だ。私が初めて会ったのは、三十八年前、私が高校生の時だった。

日曜日、下宿先から姉の家に遊びに行くと、必ず彼女がいた。夏の日など、アッパッパーを着て、姉とふたり、よくもまあ飽きもしないものだと思うくらい、話しこんでいた。そのたびに私は、「実ニ大ザッパナ人生ガココニアル、俺ハ感ジ易イ齢《よわい》ナノニ」と思ったものだ。しかしこんな私のおセンチなど、ふたりの猥雑な笑い声はたちまちどこかへ吹き飛ばしてしまうのだった。私は姉がというより、彼女がうとましかった。

ところがある夜、私は福田さんのおばさんを見直した。彼女は戦争の思い出を語った。

鹿児島市が空襲を受けた日のことだ。彼女のお父さんは、腸閉塞で、とある病院に入院していた。彼女は心配で、お父さんを見舞いに行ったと言う。

「すると病院の廊下に、爆弾にやられた人がごろごろいおる。そん衆《し》が、手をさしだして、水をくれ、水をとうめいてなあ」

彼女は、お父さんにこの話をした。するとお父さんは水をやれば最後、絶対やるな、ときつくいましめたそうだ。

「しかし、私はぐらしくてなあ。こっそり、やったんです。そしたら、案の定、次の朝、みんな死んじょいもした、ハイ」

「水を」求める話を、私は被爆した人の断末魔の叫びとして知っていた。しかし、もっと身近にあったのだ。しかもそれを、ふだんがらっぱちに思っていたおばさんから聞いたのは、意外であり、驚きだった。

福田さんのおばさんは、ため息をつきながら語った。

「病院の手術室の裏には、ボンタンの木がありました。その下には、白か腕や足が、何本も地面から生えていました。いくら埋めても、埋めきらんかったんでしょうね。そん手足が、やはり、水を水をと言って、月の光にそよいでるみたいでした」

その夜私には、福田さんのおばさんが神々しい語り部に見えた。そして、ベッドに入ってからも、人は見かけによらないのだなどと、月並みなことを妙に力みかえって考えたりした。

むろん、福田さんのおばさんの本領というか面目は、こんなところにはないのかもしれない。

ふた昔前のことだ。彼女たちが仲間でフランスに旅行した折、偶々《たまたま》アラン・ドロンと出くわしたと言う。すると彼女は、「あら、宿《やど》ん主人とそっくり!」と叫んだそうだ。さあ、大変。帰国した婦人連が、見参に訪れた。だがその時、和製ドロンは、荒縄ベルトのズボンをはいて、庭に水まきしていた。

皆は黙って帰ったという。

うた——うぬぼれ砕かれて

お寺の門前に住んでいる。しかもこの寺の故速水住職には、可愛がって頂いたくせに、私はお経はちっとも覚えなかった。

彼は、ご法義以外のことや仏教以前のことにも柔らかな好奇心を注ぐ人で、十数年前には石牟礼道子氏、吉本隆明氏、谷川健一氏などを招いて、講座を開いたりもした。

ある時、速水住職が、「今度の法要には、野上猛雄さんを呼びますよ」と言った。野上師は、節をつけて説教を語るいわゆる節談《ふしだん》説教師で、小沢昭一氏の『日本の放浪芸』にも登場する人だが、むろん私はそんなことは知らなかった。

説教。私はするのも、されるのも苦手だった。若い頃、さんざんしぼられたからだろう。本物の寺や教会の説教もご縁にあずかるのだが、不信心の罰を吹聴《ふいちょう》したり、無知な人に教えてやるのだという話が、あまり好きになれなかった。

何だ、昔の活動家のアジテーションと一緒じゃないか、そう思った。私はそこに、語る側のうぬぼれとさかしらを感じとったのだ。

まあ節談説教と言ったって、浪曲と講談で法話を味つけしたようなものだろう、そう思いつつも住職への義理立てから、私はとある日、本堂に座った。

野上師の出し物は、十八番《おはこ》である『三十三間堂棟由来《むねぎのゆらい》』だった。

——平太郎という主人公が、熊野で柳の大木を助ける。柳の精は御礼に、平太郎と契りを結ぶ。緑丸という子供もできる。さて、京都の三十三間堂の棟木に、柳の木が使われることになる。だが、伐り倒された柳は、いざ運ぶ段になって、びくともしない。さあ困った。しかし平太郎親子が手を貸すと、あな不思議、じりりと柳が……という話だ。

一時間余りの席が終わった。

その時、私の心の中を、さわやかな雨が走り抜けていった。私は土下座するように、高座の野上師にお辞儀していた。体じゅうに鳥肌がたっていたが、目頭は熱かった。それはかつて、ボブ・ディランのコンサートを聴いた時のような気分だった。夕方、野上師と立ち話をした。彼は「節談説教師は、一声、二節、三男と言われてのう」と塩辛声でちゃめっぽく語った。

私こそ、うぬぼれとさかしらの権化だったのだ。そして私は、自分は果たして、こんなにノビがあり、ハリがあり、ツヤのある日本の歌が書けるのだろうかと思い、実にはがゆかった。正直言って、くやしかった。

良い歌は、天地を動かし、男女の仲をやわらげ云々、と紀貫之は述べている。しかし、その感動というのは、難しいことではない。空っぽになった心を、一陣の風雨が駆けぬけてゆく、それだけのことなのだ。

その夜ふけ、目から鱗よろしく、私はこんなことを速水住職に喋り続けた。すると彼は、それも法雨でしょうねと笑いながら、私にCDをプレゼントした。それはグレン・グールドのモーツアルトのピアノソナタ全曲集だった。

おしゃれ――飾らずにはいられない

子供の頃から、洒落っ気は異常ではないが、並以上ではあった。スタイルを妙に気にした。品《ひん》つけごろ、と言われることもあった。

はじめて野球のユニホームを買ってもらった時、裾のぶかぶかが気にいらず、すぐに自分で裾幅をつめた。だが縮めすぎて、ユニホームは乗馬ズボンのようになった。皆が笑った。

薩摩には、金のことは言うな・着るもののことは言うな・食い物のことは言うな、という風潮が根強かった。

ボロは着てても、なりはヤクザにやつれていても、心の錦なのだ。しかし、そんな人に限って、人を見かけだけで、いとも簡単に判断してしまうのだった。彼らこそ、うわべだけのラベルと看板の信奉者だ、と私は幽霊の正体を見破ったような気持ちになったこともあった。

私は飾らずにはいられない人間の、かなしい性というか見栄が大好きだ。ただ私は、心一本槍や姿一辺倒ではない。強いて言えば、姿こそ心と思っている。なりふり構っても構わなくても、執着しても無頓着でも、心は姿に表れると素直に信奉している。

考えてみれば、私たち物書きだって、ブランドだ。

——岡田哲也？　知らねえな。昔からいるけど、マイナーだよ。だけど、最近面白いよ。読んでみるか、しかし、金出してまではねえ——とまあ、こんなところなのだ。

ブランドなど馬鹿にする人だって、逆にノレンやシニセやゴヒイキに結構こだわっていたりするのも同じことだ。

もちろん、書き方と装い方のセンスは、べっこだ。中には五木寛之氏みたいに、書き方と装い方、文字と写真をコーディネートして売る人もいるけど、それは売れない物書きには、ちょっと難しい。

装い方について言えば、私はあまり目立ちすぎるのは好きじゃない。文章で目立ってこそ本分などと言ったりもするが、何のことはない、どんないでたちをしたって異彩は放てっこないという、ヒガミと諦めに裏づけられているのだ。

まあ、その場の雰囲気から、浮きすぎず沈みすぎず、かと言ってちょっとでも沈むのはシャク、まるで接待麻雀のようなレベルで装うのが、私のスタイルだ。何という傲慢さだろう。これ見よがしが嫌いなのは、きっと私が人一倍、これ見よがしに装ったり振る舞ったりしやすい人間だからだ。

金は持っていないけど、良いセンスは持っている。高価じゃないけど、高感度で好感度ね、などと言われたら、気分が良いのだろうが、人は陰で何と言っているか、それはわからない。

そんな装い方より、書き方や生き方のスタイルに、もっとこだわらないといけないのかもしれない。

しかし、それだって、飾らないことで一番飾ろうとしているやり方が、最近見え見えだ。底が割れたと、私は青空を見ながら、クシャミしている。

風――窓を開けよう

江戸後期に建てられた家に住んでいる。床の間と押し入れ以外は、ほとんどが障子か襖《ふすま》だ。柱もいささか傾《かし》いでいる。建具の立て付けも悪い。風が入ってくる。

日頃、家も人も組織も風通しの良さは大切だと口にしていても、冬のすきま風は身にしみる。ガス中毒は絶対しない、と友人たちは笑う。ただ強がって言えば、居ながら寝ながらにして、風を身近に感じることはできる。

そのせいか、私はシベリアから出水に鶴が来る日を、ほぼ正確に当てられる。――明け方、首筋がすうすうして目が醒める。毛布をかきよせつつ風の来る方を眺めると、枕元の障子がやけに白く見える（私は北枕で寝ている）。するとそのスクリーンに、ごま粒大の点がにじみ、しだいに大きくなってゆく。鶴だ――。これは夢のお告げならぬ風のお告げだろう。

出水に北西の季節風が吹き始める頃だ。漁師たちはこれを、「あなぜ」と呼ぶ。「あなぜ」が吹くと、おだやかな不知火海にも、白い波が兎のように踊り出す。そして、町中を流れる広瀬川の河原では、葦のくさむらがざわざわと騒ぎ出す。父は昔、この音を聞いたらとにかく網を持って川に走れ、と言った。鮎が川を下るからだ。

「ひと吹き一日五十メートル、ひと雨百メートル下るんぞ」

なるほど網を張ると、ぼってりとした落ち鮎が、まるでゴールインするマラソン市民ランナーのように、次々と網にかかったものだった。

「あなぜ」はやがて「きた」になり、「きたごち」になり、「こち」になる。春一番が吹き、黄砂が舞いはじめると、出水の鶴はシベリアへと帰ってゆく。私のまぶたのかゆい日が続く。

「あなぜ」、「こち」、「はえ」。かつて私はこのような風の呼び名を、方言だと思っていた。しかし、これらは先祖たちの暮らしの中で生きてきた、由緒正しい言葉だったのだ。

昨今では屋根付きの仕事場が増え、私たちは風や雨や雲の動きにさして気をとめなくなった。それとともに、風や雨の異称や愛称も失われてゆこうとしている。仕方のないことだろうか。ただ私は、風力や風向きだけでなく、風がもたらすものに、わが五官をそばだてたいと思う。
過日、退院なさる雅子様が沿道の人々に、車の窓を開けて手を振って応えていらっしゃった。赤ちゃんは大丈夫かなと言う人もいたが、雅子様はあの後部座席の中でつかのまなりと看護監視体制から解放され、ほっとされたのだと私は思って嬉しかった。すると、詩らしきものが浮かんで来た。

息がつまるときは　窓をあけなさい　風が入ってくるでしょう
風と一緒に　季節のかおりや人々の声も聞こえてくるでしょう
冷たい雨もあるでしょう
だけど　それが自然です
あたりまえの姿です

エゴ――姉さん女房

出水駅から各駅停車に乗り、上川内まで行った時のことだ。がらがらの車内に、友人のご両親が乗っていた。畑での農作業着姿になじんでいた私の目には、ふたりの盛装姿は珍しかった。二両連結の車内にもそれは似合わなかった。

聞けば、戦友会に出ると言う。ふたりでの出席は初めてらしい。お父さんの方が面映《おもは》ゆそうで、お母さんはゆったり構えている。お父さん七十七歳、お母さん七十九歳。この夫婦は姉さん女房だ。むろんこの姉さんには含みがある。


彼女は戦前結婚したのだが、その相手は、このお父さんの兄上だった。兄上は戦後復員して、まもなく病死した。昭和二十一年、インドシナから帰還した弟が、その後を引き継いだというわけだ。


良い話ですね、と私は言った。お父さんは照れ臭そうに笑った。すると、お母さんが言った。

「いいえ、私は子を連れ、実家に帰ろうと思ってたんです。姑も病気がち、子育てや畑仕事がどうにもきつかったし」

そのきつい時に、弟さんが現れ、それなら自分がと求婚されたんですか、と私は尋ねた。

「いいえ、この人は黙っとりました。勧めたのは伯父です。子供連れじゃ暮らしてゆけん、出戻りじゃ世間体も悪かろうと、しゃにむに言ったんです。まあ、伯父のエゴでしょうね」

彼女の口から出て来たエゴという言葉に、私はたじろいだ。そぐわないとすら思った。しかし、伯父の横車・おせっかい・顔、じゃなくまさにエゴとしか言えないものが、彼女の中に芽生えたのかもしれないと思った。話は弾んだ。

弾みついでに私は、イヤなことまで聞いてしまった。

「しかし、そうは言っても、ご主人は兄弟、似た者同士と言うか、良かったじゃないですか」

すると彼女は、破顔一笑して答えた。

「それがゼーンゼン。顔立ちも気立ても、まるで別」

私はふたりの顔を交互に眺めた。次に、このお父さんより良い男《ヨカニセ》という亡き兄の顔を、お父さんの顔の上に重ねようとした。

彼はバツが悪そうに言った。

「まあ、私は、次男根性でしたからねえ」

だがさすがに、お母さんは姉さん女房らしくとりなした。

「しかし、まあね、どっちも良かったんです。どっちも良かったことにせんとなあ」

そう言って、彼女は微笑した。


お父さんは苦笑いしつつ、戦争の話をしだした。終戦前、南京からタイまでを、二カ月かけて夜間行軍したと言う。六十余名の部隊は、着いた時には二十二名になっていた。私は大いにうなずきながら聞いていた。たどたどとした話は、各駅停車のリズムに合った。

しかし、お母さんは違った。彼女は、「また始まった」と言いながら、窓の外、東シナ海を眺めていた。そこには甘夏のような夕陽があった。

酒――ダレヤメ、マツル焼酎

幼い頃住んだわがやの横には、酒屋があった。店の隣は猫の額ほどの空き地で、そこは紙芝居屋さんの劇場になったり、私たちのメンコの遊び場になったりした。

夕方になると、酒屋でコップ酒をする人の駐輪場にもなった。私たちガキはそこから、店の中にたむろする大人たちを、見せ物のように盗み見していたものだ。

量り酒の立ち飲みをカクウチと言った。大人たちの飲み方は、それぞれだった。盛りあがるほどコップに注いでもらい、それをちょっと吸い、それから受け皿にたまったものをコップに戻してから、おもむろに飲む人が多かった。

一合と言わず、必ず五酌つまり半分ずつ飲む人もいた。半分と言えば、おかみさんはちょっぴり多く注ぐ。それが得なのだと、したり顔で言うのだ。

アルミの蓋のついた、ずん胴のガラスの器の中から、スルメや揚げ豆を出して飲む人もいた。肴《さかな》がある人はおかわりをした。給料日はみな気前が良かった。スルメが赤貝の缶詰になったりした。

また三軒先はわがやなのに、毎日ここで一杯ひっかけるおっさんもいた。わがやで腰を落ち着けて飲めばよいのに、と私は思った。するとある日、カクウチ仲間のひとりが彼に言った。

「おはんな、養子じゃっでなあ」

「山ン神が、どもこも厳しか」

おっさんは力無く言い、次に力強くコップを呷《あお》った。

大人たちは、たいていコップを口に運ぶのでなく、口をコップに近づけていた。そのおちょぼ口が、私にはとても卑しく映った。接吻という言葉を知った頃だ。


鹿児島では、晩酌のことをダレヤメと呼ぶ。ダレは疲れ、ヤメは止《や》めである。つまり晩酌は、疲れとりということだ。なるほどとも思うが、ダレた私に乾杯なんて、焼酎どころか、かなりジコチューではないか。身勝手だ。

焼酎にまつわるこの地方の言葉で、もうひとつ私の好きな言葉がある。マツルという言葉だ。ここいらでは、飲むことをマツルとも言う。

お酒は元来、神事祭事には欠かせないものだが、祝杯をあげる時だけでなく、ちょっとした飲み方の時、「どら、いっちょ、マツってみろかい」と誰ともなく言う。行事が首尾よく済めば済んだで、「ゆうべのマツリ方が良かった」などと、後のマツリ?が始まる。

酒飲みというのは卑しかったり、涙ぐましいまでに身勝手だとつくづく思う。むろん私も、人一倍酒に溺れ、人一倍酒に救われている人間だから、エラそうなことは言えない。

先日、十年ぶりに、幼い頃の実家近くを訪れた。区画整理がなされた街角に、酒屋は新建材でうわべだけは若造りをしつつ、懸命に立っていた。空き地とおぼしき所は、自販機コーナーと分別ゴミの収集場になっていた。カクウチの男たちもいない。日だまりの中で野良猫が、置物のようにふて寝していた。

背中——しぐれゆく背中

背中には、自信が無い。かといって、おなかやうなじに自信が有るわけではない。ガキの頃から猫背だった。背筋をしゃんと伸ばせと、何べんどやされたことか。しかし私は背中を丸め、ポケットに手を突っこみ、まれには斜《はす》に構えて口笛を吹くこともあった。

与太ったうえウソまで吹いて、と父はあきれた。石原裕次郎の真似をする兄たちの、その真似だと姉がとりなした。やがて背骨ばかりか根性まで曲がるぞ、と先生が叱った。しかし、私の猫背はなおらなかった。

若竹のように伸びた子がなぜ、と母はこぼした。ノッポが人からからかわれるうちに、いつしか猫背がちになるのはよくあることだが、私はそこまでノッポじゃなかった。私にしても、猫背が格別かっこいいとは思っていなかった。しかし、立ったり歩いたりしているうち、いつしか肩が落ち、背中に甲羅をしょったようになるのだ。

なぜだろう。生い立ちのせいだと思ったこともあった。

父と兄四人。わがやの男衆は、皆顔つきも体つきも態度もふてぶてしかった。少なくとも私の子供心にはそう感じられた。世間の荒波を顔面で受けても眉ひとつ動かさないようなところがあった。

こわもて。鉄面皮。押しもアクも強い。オトコが濃い。

私はこれが、苦手だった。息がつまった。こんな男衆を反面教師として、私は育ってきたのだ。世間をお騒がせしてすみません、と彼らにかわってお詫びしているうち、いつしか私はうつむきがちの男になったのかもしれないと考えたりもした。俺って、恥ずかしがりやなんだ、なんてね——。

だが、この推理には無理があった。わがやの男衆がこうだということは、とりもなおさずこの資質は私の中にも生きているということだ。突然変異なんて、ありえない。私は忌まわしいこの岡田家の血を、近親憎悪と羞恥心で押さえつけているにすぎない。

高いプライドと低い物腰。人一倍背のびするくせに、人一倍身は屈している。こんなことはしょせん付け焼き刃だ。いつかはげるに決まっている。こんなふうに、猫背を人のせいにしようとするたび、いつも私は自分の旗色を悪くした。

事実、私が物書きになると言った時、そんな恥知らずな仕事をする奴はわがやにはいなかった、と父はいみじくも喝破した。そして私は、会う人ごとに、ちゃんと背筋を伸ばせと、今度は人生的にどやされた。それを私は、背中で聞き流すほかなかった。俺は、姿勢や知性だけじゃ生きていかないもんね、とうそぶきながら。

はたちの頃、私が私淑した村上一郎という文人は、岡田君、三十歳すぎると後ろ姿のすがしさが大切だよ、と言っていた。彼は五十四歳の時、みずからの刃で死を選んだ。私も彼と同い年になった。

しかし私の後ろ姿は、すがしくなるどころか、山頭火ではないが、しぐれてゆくばかりだ。

窓――湯船も風穴も

東京に住みたての頃、部屋の窓の小ささに驚いたことがあった。窓を開ければ港どころか、銭湯が見えた。二階の窓の下に恋人などという風情はなく、酔っぱらいの立ち小便の音と野良猫の胴間声《どうま》が、夜な夜な聞こえてきた。空を見上げれば、無骨な煙突が空をまっぷたつに割っていた。

東京にも空はあるんだが、どうも窓が、私はときおりこう呟いた。

むろん窓の小ささというのは、東京の気候だけでなく、隣地とのへだたりや敷地の広さにも基づいてのものなのだろう。ひしめくように家が建つ町中では、広い窓の部屋というのは、いつもヘソをのぞかれて暮らすようなものだ。

ただ昔ながらの田の字間取りの家に育った私には、どうも気づまりだった。その頃流行した文化住宅というのは、雨露をしのぎ、この世に宿るというより、雨露をはねとばし、この世から自分たちを囲い込んでいるという気がした。狭いながらも城、守るべきものはわからないけれど一応砦《とりで》だもんね、そんな感じだった。

あるいは、万事があけっぴろげでプライバシーなんてなかった私が、時に屋根裏部屋に憧れたように、戦後の日本人はとにかく仕切られた部屋とその数の多さを、文明じゃのうと思ったのかもしれなかった。閉めれば冬、開ければ春秋、外せば夏、日本の家は何と融通無碍《ゆうずうむげ》であることか、こんなことを言うのは、せいぜい日本通の外国人だった。在来の日本の住宅は、日本の古さの象徴だったのだろう。中には、個室が無いから個性や個人主義が育たぬ、とでたらめを真面目に吹聴する学者もいた。

父は日頃から、風が入るだけでなく風が通り抜ける家を、と言っていた。それはおそらく父の、家構えに対するというより、人生に対する心構えだったのだろうが、なるほどわがやは、家の床の間の壁と押し入れ以外は、すべてフスマかショウジなどの建具だった。たしかに風の通りも良かったが、金の通りも良かった。また虫や動物、客人やバクチ打ち、時には盗人までが、わがやを風のように通り抜けていった。
窓は心の風穴だ。身も心も寒い人は、小さな窓を好む。身も心も温かい人は、大きな窓を好む。ふところ具合は温かいのに、やけに窓がいかめしくて小さいと思った家が、かつて二軒あった。一軒は精神科医の邸宅、もう一軒はパチンコ屋のオーナーの家だった。ふたりとも用心深い方だった。しかし、田舎の家も、近頃では、囲い込み型が増えてきた。高温多湿な南国でも、空調機があるから良いのだろう。しかし、あまりにも密閉した部屋は、人のためにも家のためにも、良いものじゃない。

湯船と窓は広いのが、私は好きだ。私のような人間は、危機意識に欠けたお人よし日本人の典型だろう。そのくせ、液晶画面ほどの窓からしか世界を見ない人間を見ると、思わずどやしつけたくなったりもする。その画面と脳天を掛矢《かけや》で打ちこわしたくなる。困った性格だ――。

舞台――出たがり屋の弁

未生以前の出たがりやだったのだろうか。私は母の胎内からも予定より早く、この世に出てきたという。当然、ガキの頃から、人前に出るのは厭《いと》わなかった。相撲・駆けっこ・喧嘩の仲裁、選ばれれば快く引き受けた。

選ばれたことで初めて不安を感じたのは、中学で野球を志した時だ。なみいる先輩や仲間を押しのけ、一年生で一人先発した。二番で二塁手だった。初打席の時は膝が笑った。喉から心臓が飛び出しそうだった。結果は三塁ゴロ。そして私はデビュー戦ノーヒットだった。チームは優勝するつもりが、一回戦で負けた。試合後私は、補欠の上級生から、冷ややかに詰《なじ》られた。監督のいない所で殴られたりもした。

だから、次の大会の初打席で、初安打した時は嬉しかった。一塁まで、雲の上を走っているみたいだった。一塁ベースは表彰台のように固くて高かった。私はベンチに向かって、拳をあげて内心叫んだ。「やったぞ」ではなく、「ザマアミロ」と。こんなことで一喜一憂したから、私は野球でも大成しなかったのだろう。

選ばれたことで恍惚となったのは、一九七〇年に桶谷秀昭・村上一郎共同編集の『無名鬼』という同人誌に、私の詩が初めて載った時だ。この雑誌にはその頃、詩で北川透氏、短歌で岡井隆氏や馬場あき子氏などが作品を発表していた。私はこれまで本でしか名前を知らなかったこれらの人々と、自分の名前が並んでいるのを見て、「舞台じゃなあ」と思った。目次のちっぽけなページが、映画のポスターのようにも思われた。

村上一郎は、私の作品は甘いが、まあ今後に期待して、と言った。だが、私の人間はもっと甘ちゃんだった。私は正座して聞いていたが、気持ちは上の空だった。詩人になる、私の暗い行く手に、ほんのり明かりが灯ったような気にすらなった。

むろん、こんなことで有頂天になる私の性格など、彼はとっくに見抜いていたのだ。ある時彼は、私にぼそりと言った。「君はおだてられると、すぐ調子に乗るからねぇ」


さて、出たがり屋は、おおむね目立ちたがり屋でもある。ところが、他人には目障りなのに、自分は傑出した存在だなどと思いこむから、始末が悪い。また、出たがり屋はひがみ屋でもある。同病相憐れむどころか、相憎むことブッシュとフセインの如くである。

さらに出たがり屋は、ひっこみたがり屋だ。自分の意のままにならないと見るや、さっと自分の穴か殻にひきこもる。隠者なんて、人一倍身を立て名をあげたかっただけの人間でもある。だが、本当に異彩を放つ人間は、世に出たいとか目立ちたいとかの大気圏なみのうだうだぐちぐちなど、はじめから突き抜けている。突き抜けて中空で輝いている。スターとはそういうものだ。

そう思うと、出たがり屋の自分が、道の辺の犬の糞か地表に漂う塵のようにも思われてくる。ただここからはおいそれと、私は抜け出せそうもない。

たくらみ——石の心　川内人柱考

南九州を横断した川内川は、東シナ海に注ぐ直前、ためらうように蛇行する。その南岸に広がる入り江を、高江と呼んだ。

〽親が言うても高江にゃ行かぬ
　高江三千石　火の地獄

高江はよくよく難儀な所だったのだろう。むろん今は、緑豊かな田園地帯だが、ここの干拓の堤防は一風変わっている。流れにそって鋸《のこ》の歯のような出入りがある石積みの堤なのだ。

十七世紀末、島津藩はここに新田を開いた。時の普請奉行は小野仙右衛門。名うての暴れ川と入りこむ瀬の勢いに、築いては崩れ、築いては崩れの日が続いたという。

ここにも人柱の伝説が残っている。仙右衛門は自分の娘を人柱にしたというのだ。流れゆく娘の跡なりに、ジグザグの堤を造ったと説く物騒な本もあれば、娘の死後流した縄の形なりに堤を造ったと説く真面目な本もある。また、この長崎堤防の下流に、彼を祭った小さな祠《ほこら》があり、その背後の岩壁に、ひと抱えほどの字で「心」という磨崖《まがい》がある。添え書きは、「貞享

三丙寅年　此為壱塘成就」。貞享三年とは一六八六年、塘《とも》とは堤のことだ。

仙右衛門にどんな夢のお告げがあったのか、流れたのは娘か縄かなどというせんさくに、私の興味はない。しかし、彼がもし実際に愛娘を水神様に供えたとしたら、この難工事は竣工しなかっただろうし、彼は「心」という字を石に刻まなかっただろう。石組みとは、人の心組み、命を組むことでもある。軽々しく命を扱う人間に、こんな大事業ができるはずがない、と私は思うからだ。

ただ寝食を忘れ、心血を注いだ工事中、おそらく仙右衛門は娘を亡くしたのだろう。あるいは、この工事では、近隣の職人や人夫たちの少なからぬ事故もあったのかもしれない。

いずれにせよ、人柱こそ立てなかったが、彼は自分に犠牲を強いたもの、そして自分が犠牲にしたものの大きさ重たさだけは、充分にわかっていたに違いない。

悔やんでもはじまらぬ、諦めても諦めきれぬ。万感の思いを彼は「心」という一字にこめたのではなかろうか。君主に背を向け、石に真向かった心根の潔さと愚直な志を、私は信じたい。そうでなければ、この「心」という字は、娘を呑み込んだ大蛇みたいで、どうにも気色悪い。

さて、当節の国を挙げての干拓事業は、人柱を必要としない。しかし、人柱以上に犠牲にしてゆくものが多すぎる。

それはけっして、技術の進歩のせいではない。進歩は悪くない。悪いのは、うわばみのように欲望を呑み込んださかしらな心だ。

たくみより、たくらみが重い時代なのだろう。水と人とがおりあいをつけるというより、水などそっちのけで、人間の欲望が水をめぐってせめぎあっている。安売りにされた心も、きっと途方に暮れている時代だ。

駆ける——足で人を笑う奴は

知と徳はさておき、わがやは体力には秀でた大家族だった。私も走るのは速かった。とびきりではないが、小学校のリレーでは花形だった。だから運動会の昼食時、わがやの席は賑わった。父は座の真ん中で、時折、鶴のように首を伸ばしては、誰かれとなく声をかけた。

「おたくの衆は、速か」

こう言う人が居ると、たちまち、飲みねえ飲みねえとなるのだ。それをあてこむ呑んべえも多かった。父は勝ち馬のような子供たちを従え、その馬主のように鼻高々だった。そして客の子ほめにうなずいた後は、必ず自分の若き日の韋駄天《いだてん》ぶりを語り添えるのだった。

ただ、私のすぐ上の姉だけが、突然変異と言っていいくらいの亀さんだった。足が前に進まない。鉢巻きが目までずりおちる。せりあってもいないのに転ぶ。実に、念の入った遅さだった。

父はそのたびに歯ぎしりをしつつ、なぜこんな子が生まれたのか、そう言わんばかりに母の方をにらみつけた。姉はいつもうつむき、ご飯を食べていた。

「よかよか、ドン尻がおるから、一番も晴れがすっと」

母は励ましとも諦めともつかぬ口調で、姉を慰めた。どうすればこんなに遅く走れるのか、私はこんな人間のいることがわからなかった。わかろうともしなかった。ノロマの姉を、笑いもした。だからだろうか。後にわが子たちの足が速いとわかった時には、ほっとした。

長女は、短距離選手だった。中学生の時は、九州チャンピオンになった。彼女も自分の前に人が走っているなんて、とても信じられないと思っていたに違いない。しかし、全国大会では四位だった。レース後、彼女は泣きじゃくった。

「走っても、走っても、前に人がいるの」

そうだよ、世の中は広いんだよ、私はこう言った。あるいはそう言いつつ、私もまた娘以上にのぼせた自分の思いを、何とかなだめようとしていたのかもしれない。私もまたわが父と、おっつかっつの親バカだった。

足は速いに、名は高いにこしたことはない。私はこういう風潮に、首まで漬かって育った人間だ。負けずぎらい、何にでも追いつき追いこさないと気が済まぬ、せっかち日本人の見本のようなところもある。

自分のコースを自分のペースでね、普段はこう言っている。だが、黙々と淡々とわが道をゆくなんて、程遠い。時代の先端どころか、尻尾につかまっているのがやっとのくせに、事あるたびに、強者ならぬ速者の論理が首をもたげてくる。自分はコースを外れて走っているのに、他人のちょっとした逸脱が、笑って見のがせない。私は私から足を洗えぬ業つくばりだ。しかし、今さら引き返しはつかない。足で人を笑った奴は、きっとみずからの足に溺れてゆくのだろう。

たましい――鮎にあえない夏

今年はまだ、鮎とりをしていない。解禁日に行きそびれ、そのうちと思っているうち、雨と台風に水を注《さ》されてしまった。鮎たちは、さぞ喜んでいることだろう。それとも、どうしていらっしゃらないの、と恨んでるだろうか。

鮎漁といえば、友釣りやころがしがある。しかし、私は引っ掛け漁が好きだ。文字通り、瀬や淵に潜って引っ掛ける。

長さ一間足らずの竿の先に、三本鉤《ばり》を仕込んだものが引っ掛け竿だ。鉤には一尺程の糸がついていて、その先っちょの舌と呼ぶ竹切れを、ゴムで竿に止めておく。鮎を首尾よく掛けると、この舌が外れる仕組みになっている。

引っ掛けには、コツがある。けっして、鮎を追ったらいけないということだ。鮎は縄張り意識が強く、同じ所を周回する。一点で、じっと待つのだ。

掛けに行くんじゃない、手元に引きつけて掛けるんだよ。野球のバッティングと同じさ。ボールをよく見るように、鮎の目を見て、一心同体になってごらん。鮎はね、手でとるんじゃない、目でとるんだよ。かつて私は長男に、このように教えたことがあった。

――あなたは川底に、ひそみます。鮎が来ます。だが、気負っちゃいけません。はやる心を抑え、ほら、鮎の小さなオリーブのような瞳をごらんなさい。かわいいでしょ。あなたの殺意なんて、殺しなさい。そして、挨拶なさい。私は怪しいものじゃありません。あなたを手ごめになんて、滅相もない。今日は暑いですね、どこ行きですか。気をつけて、行ってらっしゃい――とまるで、タヌキ親父とイソップの狼と石の地蔵様を合体させたような存在になるのだ。すると、鮎は、すっと来る。竿の下を通る。そこをすいと引く。

手応えとは、掌で確かめる命の蠢《うごめ》きのことだ。小さな鮎はビリリと来るが、大物は不思議に、ずしりと軽い。これは、野球やゴルフの芯を食った当たりの感触と似ている。

野球好きの長男は、鮎掛けが上手だった。ウエットスーツの大人たちが、Tシャツの小学生にしてやられるのだ。はじめは、すごいとほめていた私の仲間たちも、度重なるとシャクにさわるのだろう。一尺近いのを掛けた時には、驚くどころか、こんなことを言う御仁もいた。

「アキラ君、その鮎は、手負いじゃんかったか。おじさんがこっちで掛けたけど、そっちへよろよろ逃げていった奴じゃ」

しかし、鮎の体には、どこにも傷はついていなかった。遊びの鮎一匹でも、人間はなかなか、自分の負けを素直に認めたがらないものだ。

その仲間も、今は天の川で鮎を追いかけていることだろう。長男は、鮎のかわりに、野球ボールを追いかけていたが、近頃は博多で、若鮎のような子供たちを追いかけているのだと言う。

私はと言えば、魂の抜けがらのような足どりで、増水した川の堤を朝な夕なにふらつき歩いている。

声——話し下手と書き上手

物書きは、話し下手だと言われる。書いてナンボの商売であれば、話す必要もないのだろう。中には、話し下手こそ書き上手、と言わんばかりの先生もいらっしゃった。しかし、それは話が苦手な作家の勝手な理屈だ。逆に、下手でも作者の肉声が聞きたい、下手だからいい、こんな身勝手な読者や聞き手の要望もある。

私はこの二十年、自作詩の朗読をしている。別に物書きの常識に挑戦したいと思ってのことではない。あるいは詩を書くことに天分を見出せず、ならばと詩を吟ずる方にも色気を出したというわけでもない。そうだとしても、天は二物どころか一物だって与えない、これを思い知らされただけのことではないか。とまあ、そこまで力まずとも、昔から私はさえずるのが好きな薄味な男だったのだ。世のカラオケ好きとさして変わらぬ。むろん最初はトチったり、伴奏と合わないこともあった。

朗読したての頃は、なるべく上手に、なるべく完璧に読もうと心がけた。これまたお手本を真似るカラオケ者とおっつかっつだ。

しかし、正確な発音をする人なら、アナウンサーがいる。正確な発声をする人なら、声楽家がいる。あるいは精密な話の展開なら、話芸の達人がいる。やみくもに彼らをしのごうとするところに、そもそも無理があるのだ。むしろ、そのいずれにも負けたところで、私は自分の言葉を唄おう。日本語じゃなく、岡田哲也語を聴衆に届ければいい。そう思った時、喉につまっていたもろもろが、龍角散のように霧消した。それ以来、朗読がいささか楽になった。木戸銭が取れると思った。

むろん、うぬぼれ半ば居直り半ばだが、私は自分が酔うのでなく、人を酔わせることに心を砕けるようになったのだ。砕きがいを感じとれるようになったのだ。これは、素人カラオケというより、飲ませ上手の玄人芸者に近い。嗚呼、この臆面のなさよ――。

さて、声と言えば、思い出す人がひとりいる。節談説教の故野上猛雄師だ。彼は小沢昭一氏の『日本の放浪芸』にも登場した人だが、わがやの寺にも来た。

それまで私は、身内の説教には食傷していたし、宗教者の説教も好きじゃなかった。教えてあげるという口ぶりが鼻持ちならなかった。しかし、彼のオハコである『三十三間堂棟由来』を聴き終えた時、私は思わず正座して、頭を下げていた。目頭が熱く、鳥肌が立っていた。

話を聴いての感動というのは、またひとつオリコウになったということではない。心の中を、一陣の風、そして雨が走ってゆく、それだけのことなのだ。そう感じた。朗読だってそうだ。

ところで清少納言は、「説教の講師は顔よき」と書いている。生意気な女である。私は特牛《こって》のようにいかつい顔の野上師を慰めるつもりで、「説教僧は、一声、二節、三男ですよね」と念を押した。すると氏は盃の手を休め、塩辛声でぼそりと洩らした。

「昔は、ワシもこの顔で、そりゃあ、相当モテおったもんじゃあ」

弁当――肩身の狭い御飯

大家族の末っ子だった私は、弁当箱もお下がりだった。兄からのアルマイトの弁当箱の蓋裏には、真ん中に白いおぼろ月がかかっていた。月ならぬ日の丸弁当の名残だった。梅干しの酸が、ついにはメッキの表面を噛み切ったのだろう。点滴、石をうがつ、後にこの成語を習った時、私はぼんやりとこの文様を思った。

今はどうか知らないが、昔は弁当を食べる時、蓋や腕で隠して食べる子がいた。私はこんな人は、よほど珍しいものを食べているに違いないと思った。ある日、いやがる友の手を払って、中を覗いた。そこにはいちめんの御飯に、ラッキョウ三個とメザシが押し詰められていた。その友人のうらみがましい眼差しを、私は今でも覚えている。


しかし、わがやのおかずも貧しかった。漬物とシソ昆布やスルメの佃煮が多かった。ある朝私は佃煮を買いにやらされた。私はカツオの角煮が欲しかった。思い切って買った。しかし、薄板に入れて量り売りされたそれは、五等分すると数えるほどしかなかった。言われた通りのものを買って来い、と私は叱られた。

やがて私の弁当箱は、大学弁当と呼ばれるものになった。平べったくて、蓋の側にスライド式の箸入れがついていた。しかも御飯とおかずとの間にしきり板があり、密閉式のおかず入れがあった。しかし、おかずの指定席のそこが満席になることはあまりなかった。

またある時、級友のひとりが、見たこともないおかずを持って来ていた。四角い肉の薄切りで、脂身が白く流れていた。それがまるで秋の雲のようにすがすがしかった。私はわがやに帰って、父にその姿を描いてみせた。

「それはハムじゃ」

父は即座に答えた。肉の薫製らしい。それまで私は桃色の、魚肉ソーセージしか食べたことがなかった。父は再び言った。

「うちじゃ毎日のように、本当の肉を食べとるじゃなかか」

だが馬喰《ばくろう》の子として、私が食べさせてもらっている肉は、味噌煮のホルモンだった。私にはまじのホンモノより、ニセモノがどんなに魅惑的だったか。私は友人が羨ましくて仕方なかった。

わがやのおかずが賑わいだしたのは、姉たちのおかげだ。高校やヨソを経験した彼女たちの作るおかずには、母にはないいささかの工夫があった。たとえばウインナーがタコの形をしていた。四つ切りの林檎は兎になった。


昨今の弁当は、おかずが主で、御飯が従だ。弁当箱から御飯がしめ出されてゆく過程は、そのまま日本の国から田んぼが消えてゆく歴史でもある。なんて大げさだが、御飯が幅を利かせていない方が、独裁制じゃないようで、何となく私も心和む。豊かに見える。

ただどんなに品良く見えても、食欲の底には、野蛮で危険なものも息づいているものだ。しかし、最近の子は、そんなにがっつかない。これは食生活の豊かさというより、飼いならされた本能の貧しさのような気がしてならない。

火――火遊び大好き人

子供の頃から火遊びが好きだった。マッチを持ち出しては、河原や目白捕りの山で、仲間とこっそり焚き火した。自分で火を付け、それに当たると、何となく自分が探検隊の隊長になった気分だった。マッチを擦った時の硫黄の匂いも好きだった。

夜、囲炉裏端で火をいじっていると、「小便、しかぶるぞ」と叱られた。大人たちは火の恐さを教えたかったのだろうが、私はおもらしをしたことはなかった。私は、火の神様はイイ人だなと思った。

火遊びが大っぴらにできたのは、鬼火焚きの日だった。私の集落では、松の内明けの七日に行われた。孟宗竹《もうそうちく》を真ん中と四隅に立て、それに門松や枝木を立ててヤグラを組んでゆく。大がかりにする時は、間伐材や廃材を使ったりもした。

子供たちは各戸を回り、正月飾りを集めさせられた。注連縄《しめなわ》についた干し柿やスルメや昆布を失敬するのは楽しかった。むろん、それらを横取りしたり上前をはねたりする上級生もきちんといた。

そして、組み上がったヤグラの中の巣のような所で、私たちは上級生からさんざん「大人」の世界の話を聞かされたものだった。

雪国のカマクラが純白の地上の胎内だとすれば、私にとって鬼火のヤグラは緑の胎内だった。日が暮れると、その緑の胎内に点火される。孟宗竹を炎が、まるで竜のように走って昇る。竹が弾ける。音が響く。火花が飛ぶ。そのたびに私たちは、「おねっこうう」と叫んだものだった。おそらくは、鬼っ子のことなのだろうが、当時はどんな意味なのか、なぜそうするのか、誰も聞かなかったし、誰も教えなかった。ただ、誰もが何となくわかっていた。

そんなことより私は、金の雪のように夜空に舞う火の粉が、生まれたばかりの自分の分身のような気がして、うっとりと眺めたものだった。

火も火遊びも、燃えるから恐いのではない。ついつい我を忘れてしまうから恐いのだ。鬼火のヤグラには、やがて熾火《おきび》ができ始める。すると私たちは火に近付き尻を突き出し、「尻子《じご》をあぶって千年生きろ」などと囃したてたりもした。餅焼きが始まるのはそれからだった。

子供は風の子でもあるが、火の子でもある。ただ火遊びで言えば、ひとつだけ冷たい思い出がある。

小学一年の時のことだ。正月前にわがやに薪割《まき》りに来るサダオさんという人がいた。彼は日がな一日薪を割り、お駄賃と焼酎をもらって帰ってゆく。彼の横には、いつも焚き火があった。彼は私に焼き芋をしてくれた。彼の戦地話を聞きつつ食べるのは、楽しかった。

その日も、私が行くと、彼は既に焼きあがったそれらしい物を差し出した。しかし、どこか変である。足のようなのがある。私は目の前の塊をしげしげ眺めた。すると、彼はにやりとして、私に言った。

「坊《ぼん》、うまかぞ、ネズミじゃ」

その時ばかりは、焚き火の炎が、私には逆立つ氷柱《つらら》に見えた。

となり——牛を見にゆく

父は牛の仲買商、つまり馬喰だったから、多くの農家と行き来があった。牛には世間の相場だけでなく、買わせ時売らせ時がある、農家の米櫃《こめびつ》の中まで知っていなければ馬喰は駄目、といつも自慢気に言っていた。

そんな父には、縁談の相談がよく持ちかけられた。牛の仲買だけでなく、人の仲立ちもというわけだ。私も十歳の時、わけのわからぬまま、父の嫁検分に連れられて行ったことがある。

宵の口だった。「牛見に来た」と言って父は、いきなりその家の囲炉裏端に上がりこんだ。牛を見に来たのに、なぜ牛小屋に行かないのか私は不思議だった。また、日暮れてから黒い牛を見てもよくはわかるまいに、と首も傾げた。

だが父は、牛などどこ吹く風とばかりに、そこの親御と語りこんでいる。しかもその目は、時折台所の方へと注がれた。そこにはお茶の支度をする娘さんがいた。やがて彼女が現れた。「まあ、あの小まか子が、こげんべッピン様になって」。父は大袈裟に驚いて見せた。そのくせ、抜け目なく娘さんの立ち居を注視していた。その夜はついぞ牛の話は出ずじまいだった。

帰宅して私は、父が母に彼女のことを良か娘じゃと言うのを盗み聞きした。その時私は、父の訪問は肝煎りどんの役目だったのだと合点した。大人の世界を覗いたような気分だった。父が私を連れて行ったのは、今日は商売抜きという印でもあったのだろう。

「娘さんを見に来ました」と言えばよいところを、「牛見に来た」と挨拶する。牧歌的で含蓄のある言葉だなあ、と言う人もいよう。私も今は、なつかしく思い出すことができる。

しかし、色気づいた頃の私は、牛を品定めするように女性を品定めするなどケシカランと思っていた。父が人身売買のブローカーのようにも思われた。そして私は、こんな田舎の義理と人情を田んぼの蛙の合唱までもが後押しするような所に、一刻も早くオサラバしなければ、といきり立った。

自由恋愛、牛なら牛、好きなら好き、虫なら虫と言え。俺はひとりでやりまくるぞ。こんな意味のないことまで口走りつつ、私は私の風来癖にさらに拍車を掛けた。

しかし東京に出て、やがて勘当されてから、私も宵の口になると知人の部屋を訪ねることがよくあった。

「近くに来たものだから。ちょっと寄ってみただけ」

これが私の口癖だった。これで知人の様子をうかがい、まあどうぞとなると、とたんに図々しく上がりこみ、いぎたなく飲むのだった。

なぜ、あなたに会いに来た、何か飲ましてくれ、と素直に言えないのか。いかにも相手の都合を考えているみたいで、実は自分の勝手しか考えていないのだ。門前払いを食った時の言い訳を、あらかじめ用意しているなんて、俺は心底卑しいなあと思った。そしてそんな時私は、牛見に来たと言う父と同じだ、いやそれ以下だと自嘲せずにはいられなかった。

すれ違い――世相眺めて

齢のせいか梅雨のせいか、このところ世間と自分とのズレが、日ましに多く感じられるようになった。

なんでだろう、という唄が流行ったが、そんな思いが青カビのように愚痴の雨に咲いている。愚痴や悲憤が世の中を変えたためしがない。だが、雨を眺め、世相を眺めていると、出るのはえげつなく品のないため息ばかりだ。

たとえば、火事の消火救助活動をしていた消防隊員が殉職した。気の毒と言うほかない。するとテレビで解説者が、この家の南側は壁が少なく広間になっているから崩落しやすいのだ、としかつめらしく答えていた。

私は舌打ちをした。当たり前ではないか。家の南側は日照がいいから、開口部を広くとったり居間や座敷をそこに設けるのだ。古来の風水や家相だってこれにのっとっている。私は彼に、一体どうせよと言いたいの、と尋ねたかった。それともこの解説者は、南側に便所や風呂のある家に住んでいるのだろうか。

細心の注意と訓練をしていても、起こるのが事故だ。だけどなるべく事故が無いように、と私たちは祈るしかない。それでも体を張り、命を張る隊員がいることを私は知っている。

こんなこともあった。鹿児島県の種子島沖で内之浦のまき網漁船が転覆し、一人死亡・二人行方不明になった時のことだ。さる大学の先生が、まき網漁法は危険な漁法だとコメントしていた。私の知人に、まき網船の船主がいる。彼の父も、むろん彼も、そして今は息子さんが本船の船長をしている。彼は、まき網船のどこが危険かと血相を変えた。

私は言った。この世に完璧に安全なものなんて、どこにもありませんよ、わがやにいても殺される時代ですからね。それにイタコ一枚下は地獄、どこに危険でない海があるでしょうか——。

すると彼は言った。私たちの船の計器類はちょっとしたものです。内之浦の事故関係者の話を聞いてみると、私はどうも潜水艦が怪しいと思うのです。

そして彼は、東シナ海での不審船とのすれ違いは、海上海中、スクランブル交差点なみですと語った。だが、こんなことはどんな識者も解説者も言いはしない。

自分だけはちゃっかり身の安全を確保して、さも利口そうに講釈をたれる手合いが多くなった。おいおい、本気で物を言ってるのかよ、と言いたくなる。

パナウェーブ研究所の件にしてもそうだ。車にべたべた貼った白い紙は、目くらましか子供だましだ。だが、政策に「三位一体」とか「構造改革」といった言辞だけをやたらに貼りつけ飾りつけ、中味を見えにくくしているのと七斤八斤《しちきんはちきん》ではないかと私は思う。

むろんそれは、私もおあいこだ。かつては時代のふところで自爆するとか、時代と斬りむすぶとか勇ましかったが、今は逃げてばっかりだ。おいおい、本気で生きているのかよ、と言いたくなる――。

なんて、ああいやだ。早く梅雨が終わらないかなあ。

忘れもの――森の石松と三文詩人

人間は歳をとると、忘れっぽくなる。芸人と芸者は、売れなくなるとひがみっぽくなる。私のようなトウの立った三文詩人となると、これはもう哀蚊《あわれが》のように始末におえないものだ。

いやいや、九月の蚊なら、そのすがれた姿が哀れを感じさせるが、私など変にアブラぎって、妙に血や金に飢えている。枯れやたそがれとはまるで無縁な、くたばりぞこないだ。

むろん詩なんて、もともと金にならないものだ。なったところで、たかが知れている。無償こそ詩と言う人もいる。それでも私は、少し羽振りがいいと、傍若無人の面をする。一方、声がかからなくなるととたんに消沈する。


――もうダメだ、俺は世に容《い》れられぬ。どこか社会は、おかしい。中央偏重でね。目が節穴なんだよ。皆、わがことで忙しいのさ――

こんなことを平気でほざく。花の咲かない時は根を張れ、という。しかし私は、根を張るどころか、根に持つことだけを考えている。あるいは森の石松みたいなことを口走っている。

「お前さん、だれか大切な人を、忘れてやしませんかっ」

つまり、自分がかえりみられないことが、自分の存在が抹消されているように思うのだ。なぜそうなのか、などとは絶対に考察しない。宅間被告顔負けの、短絡的かつ安直大袈裟な自己中心的性格だ。

そのくせ、無名の民の声なき声こそ、なんて言ったりするのだから、ちゃんちゃらおかしい。じつに念の入った馬鹿だ。

しかし考えてみれば、幕末の志士の大半も、こんなものではなかったか。わが身の不遇と不満を、この世へのうらみつらみにすりかえ、「俺の目の黒いうちは」などと大言壮語するような……。似たようなことは、新聞の投書欄にも感じられる。あの文章の行間には、「私のこと、わすれてもらっちゃ困る」という思いが、まるで高校球児のジュンスイさのように溢れている。だが、志士や投稿家のジュンスイさなら、まだかわいい。自己表現の発露だ。しかるに、多くの詩人たちは、傷をなめあいつつ、かつ近親憎悪する。

「呑みねえ、スシ食いねえ」と言いながら、勘定はちゃっかり相手に回そうとしている。少なくとも、私には人一倍、こういう癖がある。だから私は、詩人たちとのジカのおつきあいには、なるべく深入りしないように心がけてきた。

さて、女時《めどき》の時は、頭もテンションもすなおに下げればいいのだろうが、私にはさらに悪あがきするところもある。これも物忘れと貧しさの進行に拍車をかける。

先日も、級友とふたりで旅をした。友人はホテルの枕元に携帯電話を忘れた。それを取りに戻る道々、私は彼の健忘ぶりを詰った。すると彼が、素頓狂《すっとんきょう》な声をあげ、私の足元を指さしたではないか。

私はホテルの室内スリッパをはいていた。

魔法——母と子のおまじない

母は胸には豊かな乳房を下げていたが、背にはおぐらくてかび臭い日本を、段袋いっぱいに背負っていた。一九四七年、私を産んだ時には四十五歳だったから、物心ついた私がこう思ったのも、無理からぬことかもしれない。

私は母が好んだおまじないのような療法が、苦手だった。というより、素直に恥ずかしかった。目にモノモライができた時、母はペロリと舐《な》めるのだ。ただそれだけだった。まぶたをおしのけて、目玉をまさぐる舌先が、私には気色悪かった。自分が野良犬の赤ちゃんになったようだった。どんなにか私は、純白の眼帯をつけたかったことか……。

アカギレ療法は、いささか手がこんでいた。まず薬箱から蛤《はまぐり》の器を取りだす。中には黒い軟膏《なんこう》が入っている。母はそれを火箸の先でちょこっとすくい、さらに火であぶる。トロリとなったのを、アカギレの裂け目に流しこむ。その時彼女は、魔女か鬼婆のようにささやくのだった。

〽アカギレ権現、ヒビ権現
カンソウの湯とって
洗わんせ　洗わんせ

私はまるで焼け火箸でおしおきを受けるようで、恐ろしかった。ベソもかいた。ただ翌朝、アカギレはきれいに治っていた。

カンソウとは、手を洗い口をすすぐという意味の盥漱《かんそう》のことだろうか、それとも外来語の訛りだろうか。いずれにせよ、天草生まれの母の言葉のはしばしには、どこか前時代どこか夷狄《いてき》の香りが漂っていた。

母は長男をトンカ・ジョン、末っ子をオトンボと言っていたし、木の長椅子をバンコと言っていた。後年、私はこれらの言葉に北原白秋の作品で出合い、ゆかしく思うのだが、その頃は異国語のような言葉を使う年のいった母が、普通の人より劣っているようでまた外れているようで、うとましく仕方がなかった。

逆に母が、私に治療をねだる場合もあった。手にマメができたら、私に揉んでくれとせがむのだ。黙ってさわればピタリと治る、というわけではないが、とにかく私がなでると霊験あらたかだ、と母は喜んだ。

「マメさんマメさん、早う良うなって　良うなって」

私はこう唱えつつ、母の掌《たなごころ》をさすり続けた。だが、やがて私は照れ臭くなって、マメ揉みをやめた。母の心、子知らずだ。

ひょっとして、母が揉んでもらいたかったのは、単にマメだけじゃなかったのだ。十人の子や父の世話に手をさしのべてばかりいた母が、唯一手をさしのべてもらうのが、このマメのひとときだったのではないかと、今、私は思う時がある。しかし、当時の私が気付くはずもなかった。私は自分にかけた魔法で忙しすぎたのだ。私の魔法のつえは、野球バットだった。毎日私の掌には、母に倍するマメがあった。私は母への秘術を自分に試してみたが、マメはちっとも治らなかった。

買い物――掌に金の糞がついた男

お金は、たまらない方だ。ふだん持ちつけていないせいか、持つと使うことだけを考える。亡父も私によく言っていた。

「テツはお金を握らせると、掌《てのひら》に糞がついたごと、つんぶるうてしまう。世帯魂《しょてだまし》が入っとらん」

私は何もお金を汚らわしいと思っているわけではない。むしろお金の切実さは、人一倍身にしみて感じている。なのに手元不如意の節が多いのは、私がきっと持っていることに我慢できないからに違いない。

私にとってお金は、刀や武器と同じだ。持っていると誇示し、やたらと振り回したくなるのだ。じっと保持し、これ防衛につとめることができない。根が臆病な小心者なのだろう。

こんな私が、お金をつましく蓄えたことがあった。二十一歳、古本屋で夏目漱石全集を見た時だ。天金で朱色布張りの本は、読みたい気もあったが、飾りたい気も強かった。私は食費を切りつめた。町工場で二カ月間、百時間ずつの残業をした。全集の値段が一万五千円、三鷹市の六畳一間の私のアパートが、月八千円の頃の話だ。

二カ月後、私はその古本屋に行った。十五枚の千円札を主人の前に並べた。手が震えた。主人は梱包しようと言ったが、私は断った。自分のものとなった全集を裸で、より身近に感じたかった。抱いて帰る、と私は胸を張った。

だが、店を出た後、しまったと思った。私の財布はカラッポだった。仕方がない。私は西荻窪から三鷹までの二駅間を、歩いて帰ることとした。身も心も軽かったから、本だって軽かろうはずだ。私は恋人の遺骨を抱いた男のように、なかば悲壮になかば揚々と歩き始めた。

しかし、本は重かった。骨壺よりはるかに重かった。しかも吉祥寺を過ぎるあたりから雨が降り出してきた。私はジャケットを脱ぎ、本にかけた。本は動いた。私はアゴで本を押さえながら、しずしずと走った。

アパートが近くなった。私はほっとした。だが、その油断がいけなかった。顔見知りの三毛猫が私にじゃれついてきた。今はちょっと取り込み中なの、と私は足で払いのけようとした。そのとたん、上の二冊がずれた。それを直そうとして、今度は全部がばらばらに崩れてしまった。ジャケットも水たまりに落ちた。

おりしも前からは、女子高校生の一群が歩いてきた。私は大道に跪《ひざまず》きながら、散らばった本をかき集めていた。泣きたい気持ちだった。猫はそこらにいなかった。

それでもその夜、私は近くの古本屋に西洋哲学の本を売って、焼酎とホルモン味噌煮で、一人祝杯をあげた。全集の御前《ごぜ》迎えというより、節約よさらば、という思いが強かった――。

私は今でも本気で、買い物の楽しみは酒色や芸術に勝る、と思う時がある。きっと消費社会の申し子か鬼っ子なのだろう。

扉――引き戸と開き戸

万事開けっぴろげな南国育ちのせいか、私は鍵をするのも持つのも苦手だった。田舎者と思われたくないくせして、私はホテルのオートロックで何度ヘマをやらかしたことか。またそそっかしさ故とはいえ、ドアの防犯チェーンの存在を忘れ、開けた積もりの扉に何回鼻っ柱をぶつけたことか。

幼い頃のわがやの入り口は、片引きの板戸だった。別に四枚立ちの玄関があったが、そこは正月などハレの日にしか使われなかった。板戸の戸締まりは心張り棒でした。樫《かし》で作られたその棒は、私の草野球のバットになったり、兄の野良犬をどやす用心棒になったりした。この頃家にとって恐いのは、盗人より台風や大水だった。

引き戸を開けると、そこは臼庭《うすにわ》と呼ばれる土間だった。どんな狭い農家でも、これだけは農作業のため広くとってあったものだ。

だが、核家族が住む文化住宅には臼庭は要らない。そこには中廊下を挟んで居間とつましい応接間が作られた。玄関の間口の狭さには、片開きの扉がふさわしかった。そしてアルミ製の建具は、見事すぎるくらいにそれに応えた。

開き戸は前後に開くかわりに、戸の広さがそのまま間口部となる。引き戸は左右に開くかわりに、戸の広さのぶんだけが残る。それぞれに長短がある。しかし、従来の板戸や襖・障子に慣れた私たちには、洋間と開き戸はハイカラに感じられたのだろう。引き戸がふくれ菓子とすれば、開き戸はさだめしバタ臭いケーキだった。

むろん、昔のわがやにも開き戸はあった。

折り畳み式になった仏壇の観音開きの扉がそうだった。また縁側の突き当たりにあった便所の戸は、片開きの舞良戸《まいらど》だった。この板戸の横桟のひとつが、スライドする内鍵になっていて、私はその形と仕組みを今でもなつかしく思い出す。

物置の横の外便所の扉は、古い雨戸を転用したものだった。最初はきちんとした蝶番《ちょうつがい》だったが、それがいかれたら、自転車のタイヤの切れっぱしで吊られていた。当然、扉の収まりは悪かった。

反対に、しっかりしていると思ったのは、冷蔵庫の分厚いブリキの扉だった。しかし、子供心から見て、一番扉らしい扉だったのは、お寺の山門の扉だった。飾り金具のついた扉を見るたび、私はなぜか赤穂浪士が討ち入りする吉良屋敷の門を連想した。

お洒落な扉は、地区の消防分団の車庫の扉だった。両開きの大きな板戸には、菱形《ひし》に板が打たれており、いつも閂《かんぬき》が真一文字に渡されていた。その中にいる赤くピカピカな消防車が、私には開かずの間に安置された宝物のように思われたものだ。

扉を閉める音は、冷たい。開ける音は、温かい。高級車のドアは、閉める音が柔らかくなっているが、玄関の扉は、相変わらず物々しい。逆にその音に、私たちは城や砦と同じ厳重なものを感じて安心しているのかもしれない。とすれば、私たちは家で、何を、何から、守ろうとしているのだろうか。

土——鳥受難の日々

鳥インフルエンザは、感染源もその経路もさだかではない。養鶏農家は、ゲリラのようなウイルスの攻撃に、四六時中さらされているようなものだ。

だから、農家が鳥インフルエンザを出したということでは責められない。もし責められるとしたら、彼がバタバタと倒れる鳥を前に、どう対処したかによってだ。

京都の農場主のインタビューをテレビで観ながら、しらばっくれてるな、と私は即座に思った。採卵鶏は、産卵率が落ちると六百日前後で廃鶏として出荷する。防疫上、小出しは得策ではない。彼の出荷が適切かどうかは、鶏齢を調べればすぐにわかることだ。

彼は気息奄々《きそくえんえん》たる鶏たちを見てヤバイと思い、廃棄を命じられる前に、こっそり売って小銭なりと手にしたかったのだろう。傷を小さく食いとめようとして、逆に傷口を広げてしまう、危機の時に一番やってはいけないことを、彼はやったのだ。欲と知恵ほど浅ましいものはない。

それにしても、とつくづく思う。私たちは安全の大義と、まるでドン・キホーテのように必死こいて戦っているのではないか、と。

山口県の鳥インフルエンザの時、さるテレビ局が、とある農場の映像を流していた。雪の日でもあったが、地面いっぱいに消石灰がまかれていた。農場は完全空調のいわゆるウインドレス鶏舎だった。リポーターは、この鶏舎には野鳥が入る余地はありません、安全です、みたいなことを言っていた。私の心はきしんだ。

なぜか。おそらく彼は事件の前なら、こんな消石灰だらけの上に建つ窓のない鶏舎より、もっと光と風の入る鶏舎で鶏たちはのびのびと育てるべきだと言うだろうと、私は思ったからだ……。

共生という。都市と農村の共生。人と動物の共生などといわれる。だが、共生というのは、良いことも悪いことも、ともに引き受けて生きることだ。しかし、昨今の共生は、自分に都合の良い時だけ、仲良くしましょうではないか。あまりにも身勝手すぎる。

一羽の矢ガモには、愛護のまなざしが注がれるが、百羽の野ガモは、目の仇にされる。SARSの感染源と疑われて、ハクビシンは大量に殺された。あるいは、アメリカやロシアのような大国にとって、自国以外の核保有国は、すべて鳥インフルエンザの鶏やハクビシンのように映るのではないだろうか。さんざんやっつけ、いたぶっといて、後であれは間違いでした、なんてことはないのだろうか。

汚染した動物たちを野放しにせよ、と私は言っているのではない。清潔さと安全さを求めるあまり、オカルト教団のようになった現代の風潮が、ウイルスよりも恐いと言っているのだ。

ちなみに私は、下着や歯ブラシなどの抗菌グッズが苦手だ。自分がバイキンのようだと思っている者に、それらが何で必要あろう。

光——光りものと日陰もの

光りものと言えば、魚では、鰯やコノシロ、鯵や鯖などを指す。わがやでは青物とも呼んでいた。

この光りものが、私は子供の頃、苦手だった。かつては鰯など、田んぼのこやしになるほど獲れたと言うが、私はこれらを身分の低い魚とさげすんでいたのかもしれない。それとも、そのなま臭さや冷え臭さを嫌っていたのだろうか。さらに私は、鯖の体の模様には、蛇紋のような気味悪さも感じていた。

しかし、酒をおぼえ異性を知り初めてから、私は光りものが食べられるようになった。そのなま臭さをいとわなくなった。私は自分の食わず嫌いを恥じたばかりか、時には、この世には焼酎や青ものなど、安くて美味しいものがなければならない、などとほざくようにもなった。

ちなみに鹿児島では、キビナゴや尾引いた鰯を酢味噌で食べる。足の早い魚を手軽に食べるための暮らしの知恵なのだろうが、私は辛口醬油と一味唐辛子で食べる。これだと青ものの小味が、まっすぐにひき立つ気がする。九州西海岸では、やはり青ものと瀬ものが美味しい。

そのくせ私は、東京に行くと、必ず赤身を食べる。築地の場外食堂あたりでマグロづくしを平らげると、ウンコレコレとうなずいてしまう。江戸前というのは、今やマグロのことだとすら言いたくなる。

一方、建築材料で光りものと言えば、金属版や鏡などを指す。だが、こちらの光りものへの憧れは、最近とみに薄れてきた。熱線反射ガラスのカーテンウォールや金属パネルは、風雨や光を撥《はじ》くが、私の思いもしっかり撥き飛ばしているようで、気づまりになるのだ。むろん、街路樹や舗石など、そう感じさせない手立てもしてあるのだが、ガラス張りのビルの谷間を歩いていると、自分がペンキ塗りたての人間のように思われてくる。

それに比ぶれば、石の割り肌や土壁や板は、湿気とだけでなく、風や光ともしっかり心を通わせている。ヨーロッパや京都の街並み、あるいは昔ながらの路地や田園風景が不思議と落ち着くのは、うまく歳月に洗われているからだ。建物や風景もちゃんと息をしている。

屋根にしたって、そうだ。勾配のぬるい陸《ろく》屋根は、シート防水や鋼板でぴしりと雨を遮らなければならない。逆に、瓦や茅葺きなどの旧来の屋根は、低きに流れる水の習性を利用しながら、雨を切る。雨を押し売りのように門前払いするより、招き入れると見せかけ、いつのまにか裏口まで送り出すという寸法だ。だましだまされながら、透かし透かされながら、雨や風、光や人とも付き合うのが、私は好きだ。

私の肌も、ビニールや絹より、和紙か木綿に近い気がする。ただ残念なことに、私の肌は、外の光や風は通しすぎるくらいによく通すのだが、みずからは昼あんどんほども輝かない。光りものにはなれないのだ。

どうも日陰ものというか、曳《ひ》かれもののようなところが、私にはある。

かばん――バッグの中味は

国会議員の年金未納が取り沙汰されている。福田康夫官房長官や菅直人代表が辞任したり、たいそうなことだ。

しかし、これまでの年金の運用や事業団などの運営を問わず、いかにも年金の未払いが制度の弱体化を招いているような問題のすりかえに比ぶれば、先生方の未納など軽いものだ。

じつは私も、年金を払うかどうか迷った時があった。あるいは滞納がちの時があった。三十歳を過ぎ、会社を解雇され、しかも保証かぶりをした折のことだ。退職金も失業保険もなかった。子供は三人、むろん、書いたものなどちっとも売れなかった。集金人が来ると、押入れに隠れた。それに、自分が六十歳まで生きるなんて、考えたこともなかった。三十年後の金をアテにするより、今日のミルク代や明日の給食費が切実だった。しかも滞ると、なお払いにくい。それをなんとかしのいできたのは、私が殊勝にも老後のことを考えるようになったからではない。私の知らないところで、単に細君がやりくりしただけのことだ。

ただ、私の場合は、お金が無くて、わかっていながら払い渋ったのだが、先生方はおそらく、お金がありすぎ、年金なんか無くてもイイと思っていたのだろう。ケチ、と言いたくなる。

鹿児島県でも、保岡興治・加治屋義人・尾辻秀久三議員の未納が明らかになった。私は彼らが未納したからと言って、とやかく言うつもりはない。人間誰しも、うっかりミスはある。私など、うっかりミスだらけの人間だ。しかし、自分のミスを棚にあげて、エラそうな正義や正論を吐かれると、オイオイと思う。吉野弘の「祝婚歌」じゃないが、「正しいことを言う時は、少しひかえめにするほうがいい」と言いたくなる。

政治や選挙は金がかかる。これは何も、昨今の金権政治ゆえのことではない。明治時代、民権論を唱えた中江兆民ですら、政治に金がかかりすぎるとこぼしている。だからだろうか、井戸塀政治家という言葉もはやった。政治家になると、家財を売り払い、後は井戸と塀しか残らないというのだ。

しかし、戦後、代議士に二世が増えたのは、逆に政治が金になるようになったからかもしれない。志の高さより計算高い代議士が多いのも事実だ。地盤・看板・カバンの三つが無いと勝てない、とすら言われる。

ところで、先日、私の幼なじみが、知事に立候補すると言って、わがやを尋ねて来た。私は彼を客人とし、床を背に座らせた。彼はお茶を一服した。その後彼は、やおら机の上にバッグを載せた。政治をめざすもののカバンだ。私は、一瞬、どきりとした。彼はファスナーを開けた。だが、彼が取り出したのは、分厚い札束ならぬ、分厚いファイルだった。

「ハイ、これが僕のマニフェスト」

私はため息をついた。ほっとしたと言うより、きっとがっかりしたのだと思う。私には、どうもこういうところがある。

化粧——出水兵児育ち

肥薩の国境の要地だった出水では、昔から厳しい士風が求められた。勤倹尚武。薩摩のボッケモンの中でも、出水の彼らは出水兵児《へこ》と呼ばれた。

男は三年に一度、片頰《かたふ》で笑えばいいとか、食い物のことは言うな、着るもののことは言うなというのが、美徳とされていた。

もちろん、わがやは昭和二年、出水に流れついたヨソ者一家だったが、戦後の私のまわりにも、何となくこういう風潮は残っていた。しかし、質実剛健というより、当時はやはり素直に貧しく、つつましく暮らすしかない時代だったのだろう。

私もまた、鏡に見入る男の子を、「女の腐《おなごんけ》っされ」とからかったことがあった。私の洗顔は、濡れた手で二回ほど、顔を撫でるだけだった。むろんこれは、私のズボラで面倒臭がりの性格のせいかもしれなかったが……。

母はいつも、「耳の後ろまで洗わんとダメ」と叱ったが、私は見えない所には手が届かないと、まるでうてあわなかった。

そのくせ私は、色気づく頃になると、人一倍、洒落っ気が出てきた。ズボンの裾を自分で細くしようとして、乗馬ズボンのようになって、こっぴどく笑われたこともあった。姉たちの石鹸をこっそり使った。今度は洗顔石鹸で全身を洗った。風呂上がりには、化粧水もつけた。これも全身。

だが、どんなに顔を磨いても、私の顔には、薄気味悪い性欲の形をした、目鼻や唇が座っているだけだった。隠しても隠しても表れてしまう本心のように、鼻の頭と首筋にニキビが噴出した。姉たちは私のことをヨゴレハイカラと笑った。私はひそかに傷ついた。


はじめて化粧品を買ったのは、高校三年生の時だ。坊主頭から長髪にした私は、バイタリスという整髪料を買った。これでハリネズミのような私の剛毛も、きっちりと形が整えられるはずだった。

しかし、バイタリスの匂いは強烈だった。まるでネズミの糞を頭に乗せているみたいだった。クラクラとしながら、私はこの香りのむこうに東京があるのだと思った。とすると、東京に行くということは、草食動物の私が肉食動物になるようなものだとも思った。そうなると、私も垢抜《あかぬ》けしたハイカラどんになるのだ――。

だがやがて私は、バンカラっぽくなった。それはハイカラがとても金がかかるからでもあったが、やはり自分の柄じゃないことをはっきりと自覚したからだ。かといって、くすみっぱなしというのも許せなかった。

私の出で立ちについての考え方は、その場で沈みすぎず、浮きすぎず、ちょっぴり目立つということにつきる。まるで接待マージャンの打ち方だ。これはきっと士風のなせる業というより、流れ者根性の名残なのだろう。

私など人の風上に置けぬ口舌の徒だが、出水には、石鹸より世間で顔を磨いた甲斐甲斐しく頼もしい男が、まだいる。嘘だと思う人は、一度どうぞ。

泣き笑い――赤ちゃんの表情

赤ちゃんはよく泣く。泣くのが商売とも言われるが、生きている証しのようなものだ。その赤ちゃんが、たまに笑う時がある。この世の何もわからぬだろうに、にこりとする時がある。かつて私は、次のような詩を書いた。

あかちゃん　わらった　わらった

ねむってたのに　わらった
どんな　ゆめ　みてるの……
あかちゃん　ないた　ないた
わらっていたのに　ないた
どんな　あめ　ふってるの……

赤ちゃんの泣き声は山をも動かし、笑みは鬼神の心も和ませる。

年を経た私たちの泣き笑いには、この世で鍛えられたり、この世ですれっからしになったもろもろの思いが浮かび出ている。表情を司る顔の筋肉だって、だいぶ疲労している。涙腺だって、とても尋常じゃない。死に顔は別にして、寝顔だってオコゼを踏んだようにひきつっていたり、目鼻がだらしなく流れていたりする。

しかし、赤ちゃんの表情には、てらいも翳《かげ》りもない。薄くてつややかな面皮のすぐ裏には、きちんと悲喜の泉が湧きあがっている。あるいは赤ちゃんの顔は、遠い宇宙の彼方からの光に反応して、日向になったり日陰になったりするのかな、と思ったりもする。これを無心の顔というのだろう。

だが、私はわがやの赤ちゃんをあやすのは、誠に下手だった。自分も赤ちゃんより始末におえない代物だったからだろう。

「おなか　おねむ　おむつ」

この三つで赤ちゃんは泣くと亡母は教えてくれたが、私はそう聞いても、空腹と眠たい時に機嫌が悪くなるなんて、俺と一緒だと思うくらいだった。

おまけに、わがやの長女の夜泣きはすごかった。おむつを替えても、ミルクをやっても、まだ泣きやまない。いくら泣くのが商売でも、ちと熱心すぎやしませんか。最初は余裕をかましていても、だんだんこちらが泣きたくなる。はては怒りたくもなる。

「ねぇ、はっきり言ってごらん」

こんな親らしからぬことも再三言った。自分が何もしていないのに泣かれる、これほど辛いことはない。あるいは、自分が相手のことを思っているほど、相手は自分のことを思っていないという理不尽さを、私は異性についでわが子から、改めて教えてもらったような気もする。

むろん、気長に長女の相手をしたのは細君だ。私はせいぜい、枕元にニワトリの絵を描いてさかさまに貼るくらいだった。時には、泣く赤ちゃんの足の裏を舐めると良いと聞いて、変態男よろしく実行したが、ちっともききめはなかった——。

現代人はあまり泣かない。泣くことは笑うことに比ぶれば、どうも分が悪い。かっこ悪いし、みっともない、そう思われている。しかし私は、日本の古代人のように、喜びにつけ、悲しみにつけ、腹の底から泣き叫びたいと思う時がある。

だって、心底泣けぬ時代は、心底笑えぬ時代じゃないか。

異界――スポーツの敵は

テレビではスポーツ番組が好きだ。ドラマより、遙かにドラマに満ち溢れている。ただ、このところ、安っぽい感動の押し売りが目立って薄気味悪い。

オリンピックでは、サッカー、野球、バレーボールなど、放送の目玉種目が軒並みこけてしまった。関係者は相手と戦う以前に、メディアに踊らされているようだった。私は思った。日本選手の敵は、政治でもドーピングでもなく、メディアなのだ、と――。


八月二十四日の夜、まず、野球が負けた。私は一連の長嶋さんの弔い合戦のような報道が嫌いだった。野球選手の頭には、日の丸の必勝鉢巻より、やはりヘルメットが似合うのだ。上層部には、誰が監督をしても（ということはたとえ長嶋さんが置物であっても）勝てるというハラがあったのだろう。そんな読みの甘さが、野球をなめているようで、私には不快だった。そしてオーストラリアに連敗。ザマアミロ、私はビールを開けた。

続いて私は、女子バレーを観た。相変わらず、相手はどうでもいいから、ただ日本が勝てばいいいという放送だった。日本は、名人芸や神業を連発しながら、手もなく相手にひねられた。ホラ、言わんこっちゃない。私は焼酎に手を伸ばした。そして、満面の笑みをたたえながら、テレビのスイッチを切った。

絶叫し、オーバーに喋ることがショー・アップと勘違いしているアナウンサーがいる。興奮するのは俺だよ、こう言いたい時もある。そこにあるのは、放送を仕切る側の、番組はどうにでも演出できるというさかしらな独りよがりと、視聴者なんて煽ればどうにでも騙せるという思いあがりだ。

かつての「前畑、ガンバレ」だって、予定稿に無いとっさの声援だったはずだ。その意味では、女子八百メートル自由形で優勝した柴田選手に、大変なことがおきましたと言ったアナウンサーが、正直でよろしかった。

私が一番楽しんだのは、女子マラソンだった。深夜だったので、私はテレビの音量を下げた。これも良かった。

暴走と好走、そのスレスレのところで野口選手は勝負を賭けた。終盤、彼女は何度も後を振り返った。そこには追走するヌデレバさんがいた。黒メガネにチョンマゲの彼女が、私には魔法使いに見えた。

ヒタヒタヒタヒタ。来たぞ、みずき。振り返るな、走れ走れ。ヒタヒタヒタヒタ。逃げろ、逃げろ、とにかく逃げてくれ。

私は久しぶりに、自分が作中人物になった気分だった。彼女がゴールする時、私も両手を挙げた。

スポーツのスタジアムには、魔物が棲んでいる。だから、奇想天外のドラマだって生まれるのだろう。しかし、その中継には、どうも食わせ物が増えたような気がする。

私は、ふと、思うのだ。オリンピックですらこうだもの、戦争になったら、この国のメディアは、どんな報道をするのだろうかと――。

みのり――田んぼに出る人柄

ガキの頃、私は穫り入れ前の田んぼをよく眺めたものだ。遠目には一面の黄金色だが、近寄るとこれが田ごとに違う。品種や地味《ちみ》や育て方にもよるのだろうが、十人に十色あるように、十枚の田にも十色ある。

お米がたわわに実って輝いている田。病気なのかツヤのないもの。風も吹かないのに腰砕けになったもの。稗《ひえ》が幅をきかして、雀だって尻込みしそうな田。畦がきれいな田。荒れた田。田んぼには、農家のお米とのつきあい方がはっきりと映し出されている。

田んぼに表れるのは作柄より人柄だ。既に十歳にして私はこんな心理を発見したとも言える。

むろん、だからと言って、私が米作り農家になろうとか、作況をつぶさに調査しようと思ったわけではない。

じつは私は、稗がはびこった田に、ひそかに目を付けていたのだ。取り入れが済んだ田は、遊び場になる。野球の三角ベースや鬼ごっこ。掛け干しの竹をバーに見立てて棒高跳びに興じる時もあった。アメリカ人はトウモロコシ畑にフィールド・オブ・ドリームスを夢見たが、私の夢はいつも稲刈り後の田んぼに広がった。

なぜ私は、稗だらけの田に注目したのだろう。

子供たちが遊ぶと、田の面は足跡で固くなり耕しづらくなる。時には、藁小積みの束をばらして遊ぶこともあった。稗を放ったらかしにするような主は、ついでに私たちも放ったらかしにしてくれるはずだと、私は勝手に踏んだ。動機は単純にして不純だったが、私の田の検分は、遊びの必要から生まれた切実なものだった。

しかし、文句なしのぼさぼさの田んぼなのに、時には天秤棒を振り回して追っ払いに来るオッサンもいた。

自分の悪さは棚にあげ、私は田んぼがダメだから遊んであげているのに、それを叱るとはまことにケチでケシカランと、内心舌打ちした。さらに学校では先生は、素行が悪くて荒い人は、せめて心がけなりと優しくしなさいと言っていたが、このオッサンは田んぼも素行も心もひどい、ひどさの三段重ねだなどと、遠くから囃したてたりもした。そして私は仲間と謀って、この田に何回か、野糞のリベンジをはたした。むろん、そのこやしが効いて、その田が美田になるようなことはなかったのだけれど……。

今でも、稗でぼさぼさの田んぼを見て心和むのは、そこに臭きわが夢の名残を見いだすからだろう。

十月、出水にはシベリアから鶴が渡ってくる。鶴たちは、夜は定められたねぐらに帰るが、昼は近郊の田畑にめいめい遊びに行く。

鶴の家族には、それぞれ行きつけのショバがあるようだ。餌の多寡や、ゆったりとくつろげる所など、鶴にもあれこれの目安があるのだろう。

そんな時、鶴たちもやはり、空から田畑を眺めながら、持ち主の人柄を慮《おもんぱか》ったりするのかと、尋ねてみたくなる。

始まり——嘘つきは物書きの

嘘つきは泥棒の始まりだと初めて聞いた時、私はドキリとした。牢屋の中で、エンマ様から舌を抜かれる姿を想像した。それがいつのまにか、嘘をついても眉ひとつ動かさなくなった。

だから、学歴詐称の古賀潤一郎衆院議員なんて、たわいないものだと思う。

昔はアメションという言葉があった。分限者の留学子弟をこう呼んだ。あれはアメリカに勉強しにじゃなく、小便しに行っただけ、アメションじゃ、と言うのだ。そこには、彼は日本のどの大学にもひっかからなかった馬鹿息子・ドラ息子だという、からかいとひがみがこめられていた。古賀氏も卒業しなかったのなら、プロスポーツ選手のように、出身という便利な日本語を使えばよかったのだ。それを卒業としたのは見栄だったのだろう。だが、見栄ほど高くつくものはない。それとも、海の向こうの大学のことなど、誰も詮索すまいとタカをくくっていたのだろうか。

「誰も、知らないかと思って」

しかし、こう言いたくなることは、田舎暮らしの私にもゴマンとある。

――俺は東京じゃ、ちょいとならしたもんさ。帰郷して、やたら都での羽振りの良さを口走る同窓生がいる。そんなに良ければ都に居ればいいのに、どう見たって彼は尾羽うち枯らして、私に金の無心に来ているとしか思えないのだ。

――手前、京都じゃ、宮大工してました。こんな大工さんにも数人会った。しかし、彼らの道具箱はゴミ箱以下だった。道具が切れなくて、なんで腕が切れるものか。

あるいは地方にいて、やたら中央の大御所とやらの思し召しやお墨付きを吹聴する政治家や文化人がいる。私は彼らと会うたび、心の中でこう呟く。

「この田舎者めが」

私が彼らを嫌いなのは、私と正反対だからではない。私こそ、誰も知らないと思うと、すぐ嘘をつきたがる人間の一人だからだ。


私が覚えている最初の嘘は、四歳の時だった。私はなぜか乳離れできぬガキ大将だったが、遊んでいても急におっぱいが恋しくなる時があった。エネルギーの切れかかったウルトラマンみたいになるのだ。そんな時私は、「ウンコしてくる」、こう言ってわがやに帰った。そして母の乳房でひと息ならぬひと活入れて、何食わぬ顔で皆の所に戻るのだ。そのせいだろうか、私は母の乳首に千本の針がぎらり光る夢を、いまだに見る。

私たちは、みずからを飾り、他人を欺くために嘘をつく。お釈迦様だって方便の嘘をつく。嘘もつけない人は、窮屈だろうと思う。私は嘘をつく人間の切実さが、人を愛する人間の切実さと同じくらい好きだ。嘘つきは泥棒ではなく、物書きの始まりとも思っている。

ただ、嘘は身を切るような嘘がいい。私は私の嘘をかついで墓まで行くだろうが、まだこの世をかつぎ倒してはいない。やはり、どこか甘ちゃんなのだろう。

星座――高校生の頃

私の高校は、鹿児島市谷山の海辺にあった。校庭がそのまま渚とつながっていた。境には松林があり、地名も小松原だった。松原ごしに丸に十の字の帆は見えなかったが、元気のいい桜島が、のべつ煙を噴きあげていた。昼は空が広く、夜は星が近かった。しかし私は、星座には疎《うと》かった。入学したては寮住まいだったが、そこには星座オタクの級友もいた。自習室を抜け出した私は、彼の星談義をさんざん聞かされたものだった。

――あれが白鳥座、これが乙女座、海蛇座のヒドラは九本首の怪物でね、ヤマタノオロチよりすごいんだ……。

私が知っていたのは、せいぜい、柄杓《ひしゃく》星と呼んでいた大熊座と、鼓《つづみぼし》星と母から教えてもらったオリオン座、それにWの形をしたカシオペア座と北極星くらいのものだった。もっとも大熊座にしたところで、なぜあれが熊なのか、そして鼓星がなぜ棍棒《こんぼう》を振り上げたオリオンに見えるのか、私にはとんとわからなかった。カシオペアのWの星だって、王女の座っている椅子というが、それから王女の姿を思い描くなんて、まるで鼻の先から巨象全体を思い描くようなものじゃないか。

友人はしきりに、古代ギリシャ人の想像力の豊かさと私の貧しさを弁じ立てた。だが私は、そんなのは針小棒大のでたらめだといつも食ってかかった。むろんその頃は、やがて自分が物語をでっちあげるような人間になるとは、これっぽっちも思っていなかったのだが……。やがて私は股間に、アンドロメダ星雲のようなインキンの洗礼を受けた。友人のは、まだひどかった。私は寮を出た。

私がその後もよく眺めたのは、北極星だった。あのいささか頼りない光の下に、自分が行くべき都があると、勝手に言い聞かせた。私にとって北は、北《のが》れるべき、心温まる方角だった。

高校三年の時には、理科教室の屋上に、ドーム付きの立派な望遠鏡が設置された。老天文学者というか、星好きの先生がいた。あだ名は、スッタン。口癖が「馬鹿スッタン」だったからだ。彼はシャバのことはオタンコナスくらいにしか思っていなかったが、こと星の話になると、目が金星のように輝いた。そして宇宙遊泳のような身ぶりで、とうとうと語り続けた。

私も望遠鏡を覗いたことがある。人工衛星エクスプローラだったたと思う。見終わった私に先生が、どうだ、とぎょろ目で聞いた。しかし私は素っ気なく、消えかかった線香花火みたい、と答えただけだった。先生は「こん馬鹿スッタンが」と言って、天を仰いだ。

当時の私には、望遠鏡で見る星たちより、やがて肉眼で見るであろう東京の灯影が、まだしも切実だったのだ。

ただ、この望遠鏡も、今では周囲が明るすぎて大変だと聞く。かつての波打ち際からは、工業団地が広がっている。海は遠く、空も狭くなった。

卒業後三十年、はじめて母校を訪れた折のことだ。様変わりした町に、私は道行く人に尋ねたことがあった。

「私の高校はどこですか」

誓い――『愛国百人一首』の頃

昭和四十四年の頃、古書市で『愛国百人一首』なる本を買った。戦時中に出された時局便乗本のたぐいで、万葉の時代から明治までの「愛国者」たちの百首を集めたものだ。当時私は吉田松陰や西郷隆盛など、維新者たちの著書に親しんでいたから、つい手が出たのだろう。述志や辞世の歌や、やたら威勢のいい歌が多かったが、中の一首をおぼろげながら覚えている。

「遅れても遅れてもなお君たちに誓ひしことを忘れやはする」

自分は先立った君たちとの約束を忘れはしないぞ、自分だっていつかは見事に散ってやる、という歌だ。作者は幕末の志士の誰かだったが、これもはっきりとしない。

「君たち」というのは、夭折《ようせつ》した非命の志士たちのことだろう。この「君たち」が英霊たちにも通じるとして、本書に採られたに違いない。

なんとまあ女々しくて未練がましい歌だ、と思う人もいるかもしれない。しかし、当時の私は、寺山修司や岡井隆の歌やビートルズの曲を口ずさみながら、この歌や「唐獅子牡丹」だってうそぶいていた。そして、自分がこの世に遣わされた刺客《しかく》のように、殺意たっぷりそのくせ妙に人恋しい眼差しで、夜の巷をうろついたりしていた。

それにしても、いやそれならば、当時の私にとって、「君たち」とは、はたして誰だったのだろうか。

大学入試発表直後、奥多摩湖に入水したKか。大学の体育授業の時、ピッチャーの私が打たれたセンターフライを追って昏倒し、そのまま死んだSか。あるいは、デモで死んだYか。それとも失踪したOか……。

いやいや、具体的に誰彼ということでなく、とにかく私は、自分が死にそびれ、おめおめと生きのびているという後ろめたさだけで生きていたのだ。

「君たち」もあやふやなら、何を誓ったかも、さらに怪しいものだった。

私は人に死なれるたび、詩を一篇書くたび、月末になるたび、女にフラれるたび、「ブッ殺す」とか「死んでやるう」とか、ひとり息まいていたにすぎない。ずいぶんと、命をもてあそび、命を安売りしたものだと思う。国や同志を愛するどころか、おのれを愛することにのみご執心のオタンコナスだった。ああ、気色悪い。

だから私が、男心に男が惚れる男の中の男たちや、衆道《しゅどう》や三島由紀夫を毛嫌いしたのは、おそ

料金受取人払郵便

福岡支店
承認

103

差出有効期間
2013年3月20
日まで

●切手不要

郵便はがき

810-8790

172

福岡市中央区

舞鶴1丁目6番13号 405

図書出版 花乱社 行

通信欄

❖ 読者カード ❖

小社出版物をお買い上げいただき有難うございました。このカードを小社への通信や小社出版物のご注文（送料サービス）にご利用ください。ご記入いただいた個人情報は，ご注文書籍の発送，お支払いの確認などのご連絡及び小社の新刊案内をお送りするために利用し，その目的以外での利用はいたしません。

新刊案内を［希望する／希望しない］

ご住所　〒　　—　　　☎　（　　）	
お名前　　（　　歳）	
本書を何でお知りになりましたか	
お買い上げの書店名	憂しと見し世ぞ

■ご意見・ご感想をお願いします。著者宛のメッセージもどうぞ。

らく彼らを近親憎悪してのことだと思う。三島や長渕剛だって、あの体は、力こぶというより、コンプレックスの固まりなのだ。

それはさておき、『愛国百人一首』は今、私の手元にはない。人にあげたか、始末したか、それもさだかではない。そして私は、死に急ごうともしなくなったかわり、生き急ごうともしなくなった。ただ、私の記憶に、「遅れても遅れても」の歌の根っこがまだ残っているように、私の心の中からは、うらみがましさやひがみっぽさも、まだ一掃されていないのだと思う。イヤですねー。

こたつ——大家族の思い出

十人近い家族がたむろするわがやの囲炉裏の上に、こたつが乗せられたのは、昭和三十年のことだった。しかしこのこたつでは、うっかりすると灰の中に足を突っこんだり、ひどい時は靴下を焦がすこともあった。

ほどなくこれは、掘りごたつになった。五右衛門風呂の釜が、四角い鋳鉄の浴槽になったのもこの頃だ。

馬喰の父は横座に座り、かたわらには火鉢を置いていた。それで焼酎のカンをつけたり、鰯などを焼き、焼けた片方《かたひら》ずつからつついては、盃を口に運んでいた。父だけは夕食は別メニューで、酒の肴として一品か二品多いのが常だった。

末っ子の私は、父の膝の上にちょこんと座り、アーンとせがむのが得意だった。そのたびに姉たちは、行儀が悪いとか、甘えているとか注意した。兄たちは見えないふりをして、黙々とご飯をかきこんでいた。見てると腹立たしくなるからだろう。

こたつ掛けも、最初は旧日本軍の毛布のようなものだった。やがて母が古布をはいでこたつ布団を作ったが、父はその下で、両隣に座った客人の手を握って、牛の売買をすることもあった。私は寝たふりをして、こっそりその手を見た。すると父は、右隣の人の指は二本握っているくせに、左隣の人のは四本握っているではないか。

なぜそんな握り方をするのか、私はある日、尋ねたことがあった。父はその符丁を教えてくれた。しかし私には、さっぱりだった。映りの悪い顔をしていると、父は「これが、バクロウじゃ」とひとこと呟いた。

その時、バクロウという言葉から、堆肥と練炭が混ざったような暗くて危なっかしい臭いがたちのぼってきた。この語源は、長じてブローカーという言葉を知った時にも、同じものを感じた。バクロウとブローカー。たしかに意味も響きも似てはいる……。

わがやには居間のこたつの外にもうひとつ、小さな置きごたつがあった。四十センチ四方ほどの木製の矢倉で、その中に陶製の小さな燠入れがあり、あちこちに持ち運ばれていた。

姉たちの部屋にある時は、私は足を突っこみに出かけ、話し上手の年嵩《かさ》の姉の話をよく聞いたものだった。

「ペチカ燃えろよ　お話ししましょ」。白秋のこの唄に、私はビスケットを食べ、紅茶を飲む家族の姿を思い浮かべた。しかしわがやでは、ドテラやチャンチャンコを羽織って、オナラをしたなどとこづきあったり、たしなめられたりしながら、ママコいじめの話や石童丸の話に耳をそばだてたのである。えらいな差だが、火を囲んで昔話を聴くという団居《まどい》には違いなかった。

人嫌いと人恋しさと。私には、べったりとした人と人との付き合いを厭がる半面、同じ釜の飯を食べたり、ひとつの風呂やこたつに入ったりするのを好むところもある。それはきっと、大家族育ちのせいかもしれない。

むろん、そんなの、お前さんの身勝手だよと言う人もいるのだけれども——。

予感——神がかった人

私は人間も神様も好きだが、神がかった人や人になった神様は嫌いだ。だから、自分には格別の霊感があるとか超能力があるとか吹聴《ふいちょう》する人も苦手だ。あなた方には見えない物が私には見える、などと得意げに言われると、こちらが小馬鹿にされた気分になる。私の肩に水子がいようと、私の前世が猪であろうと、余計なお世話なのだ。テレビに登場するいろんな占師だって、神様と道連れというよりは、単に欲と道連れの業突張《ごうつくば》りに見える。卑弥呼だって、あのド派手な出で立ちには眉をひそめるだろう。

わが遠縁にも、神様のおぼしめしめでたい老女がいる。彼女は祈禱や口寄せもする。生まれは奄美大島だから、ノロやユタの血が流れているのだろう。だが、ふだんの彼女は、あまり生気のない眼差しをした、田舎のおばあさんだ。妖艶さのかけらもない。神様を竹籠に入れ、タケノコやツワと一緒に売り歩くわびしさに満ちみちている。こんなわびしさは、南島や恐山で出会えば、しみじみとした旅情をかきたててくれるかもしれない。しかし、いざ身内となると、やりきれないものだ。

人一倍興味があるくせに、あまり深入りするな、と私の心の中で誰かがささやく。むろん彼女には、全国あちこちに熱心な信者もいるらしい。やはり預言者は故郷では分が悪いのだろう。

私も間接にだが、一度だけ彼女の世話になったことがある。

結婚まもない頃、金も無いくせに、飲み打つ買うの生活をしていた時だ。思いあまって親戚の者が彼女のところに行ったそうだ。おそらく、必ず治ります男の放蕩《ほうとう》必ず帰ります家出人必ず切れます三角関係、こんなことをお願いしに行ったのだろう。彼女はひとしきりお勤めした後、おごそかにこう告げたと言う。

「今はだらしなく荒れていても、哲也さんはいい人です」

後日この話を聞き、あっ、駄目だ、この人は当たらない、と私は思った。

さらに先年、山里にある彼女の家が丸焼けになった。祭壇のろうそくが倒れたのだ。火事の胸騒ぎがしなかったのかと私が尋ねた時、彼女はしれっとして答えた。

「どうにも人様のことで忙しくて、わがことまではなあ――」


この世には、何かが足りない人、何かが余った人、神に近い人、獣に近い人、木石に近い人、ロボットに近い人など、さまざまな人がいる。人が勝手に言う分には構わないが、それに超や狂や霊といったレッテルをつけて売り物にするのは、並の人間がやりそうなことで、私は好きじゃない。みっともない。こうなっちゃおしまいだよ、と私の中で誰かがささやく。

それに、見えるという人に限って、あまり見えないものだ。これは競輪の予想屋から今を時めくアナリストまで同じだ。それとも物を書く私は、自分こそ魂を異界に遊ばせてばかりいるろくでなしだから、こういう人に対して、ついつい嫉妬するのだろう。近親憎悪かもしれない。

時計――持つのも待つのも

この三十年、私は時計も指輪もしていない。時計は質屋で流してしまった。指輪は鮎とりに行った川で流してしまった。

だが私は、時計嫌いかと言えば、そうでもない。幼い頃には、毎日のように手首に時計を描いていた。左手の時計の出来が悪い時には、右手にも描いた。しかし左手で描く時計は、さらにいびつな代物だった。高級時計を姉に描いてくれとねだる時もあった。文字盤にローマ数字が入ると、私はいつも鼻高々だった。私の手首には、いつしか刺青のような時計模様ができていた。

実際に時計をしたのは、高校生になってからだ。時計をした手で電車の吊り輪にぶら下がるのは嬉しかった。ねえ見て見て、と言いたかったが、客の手首にもみんな時計が輝いていた。革ベルトの汗に酸《す》えた匂いすら、私には心地良かった。

私や私たちが時計を好んだのは、時間に対して几帳面だったからと言うより、時計をすることが文明や流行を身につけることだと思っていたからだろう。その証拠に時計は普及したが、地域では相変わらず「薩摩時間をなくそう」ということが叫ばれたりしていた。薩摩時間というのは、会議や寄り方が定刻遅れで始まることだ。

十人の会の十分の遅延が百分の損失を生む、などとしたり顔で説教する講師もいた。しかし十人の二時間の会議が、まるまる無意味なことだってあるじゃないかと私は内心あざ笑ったが、待つのは私も得意な方ではなかった。

デートの時もそうだった。五分、十分は余裕だ。しかしそれ以上になると、相手が事故に巻きこまれたのではと不安になった。途中救急車でも通ろうものなら、さらに不安は倍加した。だが三十分も経てば、相手を気遣う不安の暗雲は、一転逆上して怒りの噴煙となった。畜生めとか、俺を待たせやがってとか呟き出す。はては、テメエ裏切り者とか、自分を一体何様と思ってんだとか、アバヨだとか実にえげつないことまでひとり口走ったものだった。

愛することは待つことだ、とはさる映画のセリフだったが、こんな愛なら野良犬にくれてやれとすら思った。そのくせ相手が「ブラウス選ぶのに手間どってえ、待ったあ」などと現れると、怒鳴りつけたいくせに「いやあ、ちっとも」などと猫撫で声で、私は鼻の下を伸ばすのだった。

——意馬心猿《いばしんえん》。この裏腹さ加減、俺はよくよく下生《げしょう》で下品《げぼん》だな。

こんな自分の姿が、ダリの時計の絵のような鏡に、まざまざと映し出されるから嫌なのだ。そのくせ私もまた、納期・締め切り・刻限、結構人を待たせてきた。

ただこの先も、私は時計と指輪と首輪と腹巻きはしないだろう。それが実用のためであれ、飾りであれ、健康のためであれ、自分の体の一部をタガのようなもので巻いたり締めたりするのは好きじゃない。愛する時と死ぬ時に外すものは、できるだけふだんから外しておくのが、私の流儀だ。なんてホントにホントだろうか。

ふるさと——毎日がサヨナラ

父は晩年、ふるさとへ帰りたいとせがんで、私たちを困らせた。彼は、広島は福山市近くの旧家の二十七代目の長男だ。菩提寺の墓地には、今も二十七基の墓がずらりと並んでいる。

その時私は、父を叱った。

「自分で、妻子も家も捨てたくせに、今さら帰りたいなんて、何と虫のイイことを言うのだ」

私は父が情けなくなり、ああもう長くはないなと直感した。そして、「帰りたいのお」という広島弁を聞くたび、私は二十七の墓を将棋倒しにしてやるとひたすら念じ続けた……。

野垂れ死に、いいではないか。客死、結構。人生至る処、青山あり。人はみな、そう願う所に住めるわけではない。こんな思いをこめて、私は「人間死に場所がふるさとである」と歌ったりもした。

私はひとつの土地にしがみつくのがきらいだ。ひとりの師にしがみつくのがきらいなように。地霊や心霊やオーラ、そういうのは私がひきつれているもので、私がひきずられるものではないとも思っている。そして、こんなことを言うのに、トポスなどという言葉を持ち出す輩《やから》も、私は蛇の腹皮くらいきらいだ。

なぜ私は、ひとつ処に執着しないか。それは私が物事に恋々としない、カラアリパラアリとした性格だからじゃない。むしろ私こそ、人一番未練がましい男だと自認しているからだ。

かりに私が惚れた女から愛想づかしをされたあとも、その地に留まっているとしよう。すると私は、ストーカーまがいにまとわりつくのならまだしも、ひとつ厭《いや》がらせのため死んでやるかなどと、実は死ねもしないくせにこんなことだけを考えて、明け暮れ過ごすのだ。これは相手が異性のみならず、住む場所にしても同じことだ。

だから私は過去、女からフラれ、ケンカに負け、会社をクビになり、身内でのイザコザがあるたび、引っ越しして来た。その土地での縁が尽きたと思えば、そそくさと荷物を畳み、一礼してまるでテキヤのように次の縁日ならぬ縁地を求めて旅立った。

住み慣れた土地と別れるのは、むろん辛いものだ。その際に取り乱さない方法は、ひとつだけある。それはふだんから、その土地に名残を惜しみ続けることだ。毎日がコンニチハであるとともにサヨナラ、つまり見納めなのだ。例えば私は散歩しながら、こうふるさとの川に語りかける。

「この淵では、三十二センチの鮎を獲った。あの瀬を柿泥棒して逃げて渡ったな。ああ、なぜ人は、学んだことは忘れても、遊んだことは忘れないのだろう。広瀬川よ、私の心の中には、血のようにおまえが流れているよ。だが、さらば、私もまた、永遠に流れゆく」

時には、がらにもなく鼻をツーンと言わせたりもする。

そう、私は灰になっても、どこかへ帰ろうとも、納まりたいとも思わない。しかし私には、灰になっても、呼びかけたい人はいる。

思うこと

オバマさんと政治家の言葉

アメリカ大統領選挙といっても、私にはお隣の夫婦喧嘩と一緒だ。しかし今回は、珍しく興味をそそられた。オバマさんは話がうまいのだ。

彼の言葉が私のような偏屈な日本人にも、なぜか響くのだ。こんなことはケネディ大統領以来のことだった。

アメリカの大統領に不可欠なものは、三つのSPと言われる。ひとつはスピリット、精神だ。ふたつ目はスポークスマンの有能さだ。パウエルさんやキッシンジャーさんなど然りである。そして三つ目がスピーチ・ライターだ。演説のすぐれた草稿者というわけだ。

オバマ陣営のキーワードは「チェンジ」と「キャン」だった。演説の構成も修辞もきわだっていた。

ひるがえって、わが国のリーダーたちの言葉はどうだろうか。近年では、小泉さんの「自民党をぶっこわす」が出色だった。しかし「美しい日本」も「とてつもない日本」も、どうも三流のコピーでしかない。

きちんと響く言葉は、明るさだけでなく、暗さをも照らすものだ。喜びだけでなく苦しみをも掬《すく》うものだ。高い所へ届く言葉は、この世のどん底までもぐった言葉でもある。なのに彼らが口にする言葉は、浮ついていて、いかにも耳ざわりと口あたりがいいだけだ。だから、ぐさりと人の心に突き刺さらない。

その証拠に、国民の目線と言いながら、いつのまにか閉鎖的な永田町の論理に終始する。自分たちで自分たちを祭りあげて悦に入っている。

オバマさんたちは、国民注目の舞台から下りない。完膚なきまでさらし者になる。それが民主主義とアメリカだと言わんばかりに――。

さて、彼はとてもよい役者だったが、それがよい大統領かどうかは、また別のことだ。

モラルの乱れを嘆かない

たらい回しにされた妊婦が死亡した事件で、医師のモラルが低下していると二階俊博経産相が言った。

しかし、事あればモラルの低下と言い、レベルが落ちているという類の発言は、近頃の若い者はという愚痴と同じで、実は何も言っちゃいない。

こういうのは、正義漢ぶったワイドショーのコメンテーターか、横丁のご隠居にでもまかせておけばいい。あるいは、バーでの世間話ですね。

それに医療関係者のみならず、日本人のモラルの低下は今に始まったことじゃない。戦後どころか明治以降、日本人の精神史は、恥や謙虚さを捨ててきた歴史だと言ってもいいくらいだ。病院のたらい回しがモラルの低下なら、政権のたらい回しや、社保庁などの責任のたらい回しを、どう言ったらいいのだろう。

私など、モラルは無くとも品格だけはあるとうぬぼれているウツケ者だ。それにこの世は、モラルの有る人が良いことをして、無い人が悪いことをするとは決まっていない。一見まじめなモラリストがとんでもない悪党だったり、極悪人が時に善行に及ぶから、シャバは面白いのだ。こんなことは「鬼平犯科帳」の平蔵さんだって知っている。

ワイドショー的なキャラでのしあがった人が、ワイドショーのえじきにされるのもまことに見ていてわびしい。

私は政治家は、ちょいワルより大ワルが好きだ。ただ私たちの昨日より今日、今日より明日に、望みを与えてくれればいい。そのために心を鬼にして、制度と人心の一新をはかり続ける人だ。人気者や英雄も入らない。大まじめな大ワルでいい。その方が騙されがいもあるというものだ。

だから私は、公には、モラルの乱れを嘆かない。

勘違い 極めつけのZ

勘違いは誰にもある。童謡「ふるさと」の「兎追いし」が「兎美味《おい》し」というような話は、きりがない。

私も小学生の頃、パティ・ペイジの「モッキンバード ヒル」という歌のモッキンバードを、木琴みたいに鳴く鳥とばかり合点していた。はて木琴のようにさえずるとは、ポンポンか、それとも木魚のようにポクポクか……。モッキンバードが物まね鳥と知ったのは、大学生になってからだ。教えてくれたのは、女友達だった。嗚呼《ああ》――。

今でも全身から恥が噴き出すような、誤字や勘違いがある。だから、踏襲を「ふしゅう」と読む人がいても、私は笑えない。ただ、誰も教えてくれなかったんだなと、妙に感心するばかりだ。もっともこんなことは、ご注進に及ぶべきことではないかもしれぬ。

読み違えと言えば、わがや近くの亡き宮司を思い出す。

十年ほど前、若い知人が長年の念願であるフェアレディZを手にした。彼は新車の安全祈願と入魂のために、神社に乗りつけた。

「かけまくもかしこき」から始まった祝詞《のりと》が、彼の住所・氏名、そして車種にさしかかった。すると宮司が、声高らかに言い放ったのだ。

「フェアレディ　オツッ！」

おっと、と彼はよろめいた。しかもその後宮司は、お祓《はら》いのため、車の四隅とハンドルあたりに、エイッエイッエイッと叩きつけるように米と塩をまいたのだ。友人はかしこまるどころか、無念きわまりない顔をしていた。

後で彼は、私に言った。「乙と間違えないように、ゼットのまん中に、ちゃんと点を打っとったんですよ、点を」

私は泣きそうな彼に、こう言うしかなかった。

「それがまさに、てんで気がつきませんってやつだよ」

子ども好き

若い頃は子ども嫌いだった。兄姉の子が走り回ったり、騒いでいると叱りつけた。「しつけがなってない」とイヤ味を言う時もあった。私になつく子もいなかった。

私のほうがよほど駄々《だだ》っ児《こ》で唯我独尊だ、と母はこぼした。おそらく私には、子どもがというより、この世のすべてが憎たらしくて、呪わしかったのだろう。生活にゆとりも無かったが、心にもまるでゆとりが無い日々だった。

それがどうだろう。結婚して、自分に子どもができたら一変した。人の子に目を吊りあげていた男が、自分の子には眼を細めるようになった。子どもは子どもだからね――。「あなたのしつけは、どうなってるの、だらしない」とさんざんからかわれた。

そして近頃は、この世のすべての子どもと大人に、微笑みかけたくなるようになった。「がんばんなさいね。ぼくも、がんばるからね」

私はこう呟きつつ、電車やバスで向かい合い、道でみんなとすれ違う。これじゃあ、変身というより変態だなあ。

人間が丸くなったのだろうか。それとも、ヤキが回ったのだろうか。

むろん、わが胸の底にはいまだに、とてつもない望みと諦めと、この世への憤りのようなマグマが渦巻いている。しかし、そんなものはおくびにも出さないというか、出さないのが当たり前だという当たり前のことに、私は還暦過ぎてやっと思い至ったのだ。まことに晩生《おくて》だなとあきれる。一方で、さあこれからだと自分を励ましてもいる。

といって、私が子ども好きであるというのは早計だ。子どもが嫌いでなくなった、というのに近い。きっと自分が、人から優しくされたいから、人にも優しく接しているのだろう。身勝手なものだ。

猪の白い胃

猪は椎の実が好きらしい。むろん、猪に聞いたわけではない。捕った猪をさばく折、知人が胃袋を裂いて見せてくれた。淡雪のように白かった。「椎の実じゃ。この頃の猪の肉が一番美味《うま》か」

彼は得意げに鼻をひくつかせた。私は猪の胃に、ひと足先に冬が来ていると思った。

知人たちはシーズン中、七、八人連れだって猟に行く。山を見ると、猪のねぐらや追われた時の逃げ場がたいていわかるという。

犬を放つ。追い出し役を勢子《せこ》と呼び、射止める役を待伏《まぶ》しと呼ぶ。待伏しはポイントで、じっと待っている。じたばたしてはいけない。少しの戦《そよ》ぎも、猪は感じる。木や石など、風景になりきるのが極意と彼は言う。「おはんが川で、鮎を引っかくっとと、一緒じゃな」

そう言われれば私は自著の『川がき　夏』で、「獲物をとるときは、死んだふりをしなさい」と書いたことがあったっけ。

死んだふりをするというのは、自然体で構えるということだ。肩の力を抜き、軸をぶらさず相手をひきつける。そしてジャスト・ミート。これは野球やゴルフのスイングでも同じだ。ただ、頭ではわかっていても、いざとなると体が言うことをきかない。親の仇《かたき》に会ったように色めきたつ。全身がガチガチになる。

知人は鉄砲さばきもだが、包丁さばきも上手いものだった。そして私は、猪の白い胃を眺めながら、唐突に三島由紀夫の胃袋のことを思っていた。どこで読んだかも忘れた。あるいは私の妄想かもしれぬ。ただ、彼が車海老《エビ》が好きなのは事実だった。

事件後、彼の遺体は解剖された。すると、その胃袋には、真っ白い車海老の刺身と精液があったという――。

血も涙も無い話

血も涙も無いな、と思う。大企業の首切りだ。企業がみずからの保身をはかるのは当然だけど、その横行と流行はちょっぴりえげつない。

二十三年前、私も師走に首を切られたことがある。最後の給料も退職金もなかった。当時私には小学六年生を頭に三人の子どもがいた。家族五人、路頭に迷えということだ。しかも解雇したのは、隣に住む私の兄だった。

どこに掛け合っても、答えは一緒だった。あなたたちは兄弟でしょう、とにかく話し合いなさいよ。私は内心呟いた。イヤイヤ、あなたはわがやを知らない。兄だから、こんな仕打ちができるんですよ。

その時の無念さ情無さ、そして憤懣。私は夜中、兄を叩っ斬りに走りたいと何度思ったことか。

しかも兄弟のことは、家人に言ってもわからないこともある。私は夜な夜な焼酎の五合瓶をカラにした。私の心の中では、兄への憎悪と復讐心が巨岩のようにそそり立った。

そんな日、家人が言った。

「いいチャンスよ。こんなことでも無ければ、あなたは一生一本立ちできないわよ」

私は、はっとした。小舟は出がけ、船頭が岸にポンとひと蹴り入れる。このひと蹴りというかひとことが、私を背後の巨岩と向き合うより、見知らぬ海へ乗り出そうという気にさせた。私はほっとした。

人生、波乱が無ければどんなにいいだろう。しかし波風の方で、私たちを放っといてはくれない。磐石を願っても保証や補償すらないこともある。一寸先は闇だし、明日はわが身だ。気の持ちようで食えるほど、この世は甘くない。

しかし荒れていても血も涙も通う世間が、この世のどこかにあるのだ。それを求めて、今なお私はシャバの海を漂っている気がする。

興ざめなスポーツ番組

テレビでは、スポーツ番組が好きだ。駅伝、サッカー、ゴルフ、将棋、高校野球、ラグビー。名勝負や好ゲームはそれ自体がドラマだ。美味しい御飯と同じで、何もおかずがいらない。しかし、最近の民間放送のスポーツ番組は、おかずが多すぎる。

たとえば、テレビ離れをしている世代を取りこもうと、アイドルやタレントをゲストに起用する。だが、見当違いなんですね。スポーツ番組の楽しさは、そのスポーツの醍醐味と魅力を味わってもらうことに尽きる。ゲストは添え物、局側は黒子でいいのに、自分たちが主役気取りだ。その結果、せっかくのゲームをお粗末なドラマや拙劣なショー以下にしてしまう。

むろん解説者の中にも、瀬古利彦さんみたいに、ただもう自分の過去の自慢と母校のひいきしかしない怪しい独断家もいる。まあ彼などは、こんな人が上にいたら、戦争では部隊は全滅、指導者なら選手は丸つぶれだろうなどと、また別のところで感心してしまうのだけど……。

スポーツを観て、面白いか面白くないかは、私の事情である。しかし、局側が勝手に興奮をあおり立てようとし、感動を押しつけようとする。まるで美味しいものがつまみ食いされてから、こっちに届くようなものだ。

このような番組制作の姿勢は、バラエティー番組やワイドショーにも共通している。そこでも幅を利かしているのは、感動の押し売りと安っぽい感情の投げ売りだ。

種馬じゃあるまいし、私たちは自分の都合で、たまに感興を覚えるからいいのだ。

私はスポーツには目が無いが、こんな番組ばかり作っていると、早晩、視聴者だけでなく、スポンサーだってそっぽを向くだろう。

ヘンな言葉の話

子どもがヘンな言葉を使ってと、お母さん方から尋ねられることがある。私の答えは、決まっている。子どもはヘンな言葉から憶えるのです。

物心ついて、子どもが喜んで声に出したくなる日本語は、たとえばバカとかの雑言、そしてオッパイやオチンチンなどの秘密っぽい名辞、さらに品のない放送禁止用語やら流行語だ。なぜと問われれば、それらは良くも悪くも力のある言葉だから、と言うほかない。

他人をやっつけたり、恥ずかしいことを言っちゃったり、ナンセンスな句を繰り返したりすることが、自分の心に刺激と快感を与えてくれる。あるいは流行語を口にして、仲間意識やカッコ良さだって味わえる。だから、子どもがヘンな言葉を使うのは、子どもがヘンなんじゃない。むしろ、とても自然なことだ。むろんそれで終わってしまうと味気ないのだけど——。

と言って私など、この齢《よわい》になってもヘンな言葉を乱発する。失言や放言、政治家なら一発レッド・カード退場だ。物書きは言葉のイケスに、ヘンな言葉からヘンじゃないものまで、沢山の言葉を活かしておくのが商売です、と理屈をつけたりもする。だが、なんのことはない。単なる口の悪いシャベクリ屋だ。ただ言葉で人は殺せても、死んだ人を生かすことはできない、とこれだけは肝に銘じている。

中学時分、親父から、お前は口から生まれてきたのかっと叱られて、おふくろの口をしげしげと見つめたこともあった。一月十五日は、その祥月命日だった。私は墓にも寺にも行きそびれた。夜、友人と焼酎を飲みながら、口数の少なかった彼女が、とある日、おしゃべりな私をたしなめた言葉を思い出していた。

「哲ちゃん。黙っとけば、馬鹿も三年気付かれんとよ」

節分と豆おこし

立春の前日が、節分だ。この世の鬼たちの受難の日でもある。もともとは、年替わりの大晦日、悪鬼や疫病を追っ払う宮中行事だったらしい。

私も鬼打ちの豆まきが好きだった。わがボール投げの事始《ことはじめ》は節分にあり、と言ってもいい。家の四隅、暗闇に向かって「鬼は外　福は内」とやる。悪を成敗いたす。私は正義の使者に変身した大エース気取りだった。そして豆まきのあとは、自分の齢《とし》より一つ多い大豆をぽりぽりかじり、目を白黒させながら恵方《えほう》巻きにかぶりついた。

ひととおりのことが済むと、母は豆おこしを作った。囲炉裏《いろり》に鉄鍋をかけ、大豆を入れる。煎《い》りあがった頃を見はからい、砂糖と水飴を加える。すると琥珀《こはく》色のカラメルが、みるみる大豆を包んでゆく。私たちは囲炉裏のまわりから、まるで手品でも見るように、母の手元を見つめていた。

ほどよくカラメルがからまると、出来上がり。居間いっぱいに甘い芳《こう》ばしさが漂った。それを小分けして頂く。

粟おこしや米おこしのように柔らかくはない。冷えると大理石のように固い。ある時、どうしても噛み砕けない豆があった。よく見ると、欠けた私の歯ではないか。それでも当時は、貴重なスウィーツだった。昭和三十年前、私が十粒足らずの豆を食べた頃だ。

煎り豆や落花生や恵方巻き。昨今の節分は、コンビニやスーパーの店頭から始まる。だが目くじらたてるには及ばない。気弱なのか、それとも潔癖好きなのか、私たち日本人は今場所の朝青龍のように、悪や憎しみを身に帯びて生きるのは苦手なのだ。

私も豆六十三個は無理だけど、太巻きくらいは食べようと思う。むろん東西南北、どこを向いても恵方どころか、八方塞がりなんだろうけど——。

還暦野球

五十歳まで草野球をした。若い頃は走攻守、そこそこ鳴らした。タンスの中でも、スーツより野球のユニフォームが幅を利かせていたほどだ。

しかし守備位置は二十代のショートから三十代のセカンド、四十代でファースト、ついにはべンチと、次第に右傾化した。かつて味方に勝利をもたらした男は、敵に勝利をもたらす男になっていた。

ある試合で私は、二塁打を打った。全力疾走し、ヘッドスライディングをした。ピンと背筋を伸ばし、きれいなダイビングだ、と自分では思っていた。だが、ベンチから見ていた投手で、歯科医の友人が後で冷やかした。

「あれはベースの前に落ちている十円玉を、爺さんが拾うとる格好じゃやった」

――ああ、たとえ遊びでも、過去の栄光にすがるより、明日への挑戦に生きるのが私の野球ではなかったか、ミットモナイことだ、シボンデルなあ――。まさかこんな大袈裟なことは思わなかったが、以来私は野球から足を洗った。

ところがこの正月、くだんの歯科医からお誘いがあった。還暦野球を目指そうというのだ。彼は五十八歳、その準備をということらしい。というより、それを肴に飲み方をという腹なのだろう。私の身体能力より飲体能力をアテこんでのことに決まってる。

だが酔わされおだてられると、ついつい脇が甘くなるのが私の弱点だ。彼は投手らしく私の弱点を、絶妙のコントロールでついてくる。私の歯の主治医らしく、歯の浮くような世辞は手慣れたものだ。私のカムバックの夢は、梅の蕾《つぼみ》ほどには膨らんだ。

先夜も電話があった。いよいよ旗上げだという。ただ彼が熱く語るたび、私には還暦野球が、カンオケ野球に聞こえて仕方がない。

生きた銭を使え

銭と食い物のことは言うな、これが父の口癖だった。お金と食事は出されたものを有り難く頂くものだ、と言うのだ。だがキカン坊の私は、物欲と食欲は異常ではないが、過剰だと思っていたから、あまりイイ気はしなかった。

父だって、アズキ相場で倒れた一家を大学を辞めて支え、しかも戦後は保証かぶりまでして大損こいた類だ。なんの金が欲しくないことがあろうか。私は勝手に「世の中に金と酒とが敵《かたき》なり　ならば敵に早く会いたし」などとほざいていた。

しかし、父は私に、この世はお金がすべてじゃないよなんて、俗受けしそうな教訓を垂れていたわけではなかった。むろんそれもあったとしても、それだけじゃないことを、ある晩、私は思い知らされた。

その夜、兄のひとりが女性との別れ話を、父に談判した。父は黙って兄の言い分を聴いていたが、突然声を張りあげた。それは兄が「女には金に困った時はいつでも言えと伝えてある」と、したり顔をした時だった。

父はうなるように叫んだ。「そんなことまで、女に言わせるのか」。相手が困っていることくらい察しがつかなくてどうする――。

父の晩年、私はこの時のことを尋ねた。すると父は、銭や食い物のことを言うのはさもしいが、言わせる奴はもっとさもしい、生きた銭をつかわにゃあ、と答えた。

生きた銭を使えか。定額給付金について思うたび、私はいつも父の言葉を思い出す。

私は清貧を信じるほど、心の豊かな人間ではない。小銭より大金が欲しいというのも、この世の真《まこと》だろう。それにしても、いつから私たちはこれみよがしの善行や、恩着せがましい情が大好きな国民になったのだろう。

おりこうさんになるな

いつのことか、なんの競技かも忘れた。高校生の全国大会だった。選手宣誓者が「我々は、さわやかな感動を与えるため……」と言ったのだ。私は思わずテレビに呟いた。

――いいんだよ、君たちはそんなこと考えなくても。さわやかな感動なんて、与えようたって与えられるもんじゃないんだよ。イチローやサッカーのロナルドにだって難しいことさ。君たちは自分のために仲間を信じ、ただ全力でプレーすればいいんだよ――

高校生のスポーツは、一途で懸命で、とても危なっかしくて見ていられないハラハラ感が面白いのだ。それが私たちの、胸をしぼる。むろん宣誓者も周囲の期待に応えようと、こう言ったのだろう。照れずにこう叫んだ。それならそれでいい。

だがかりに、大人の誰かが言わしめたとしたら、どうだろう。さわやかな感動などと言わせることで、いかにもおりこうでいかにも純真な世界をアピールしているみたいで、こちらは濡れ雑巾で顔をなでられた気色になる。

私のようなヘソ曲がりは、そこに若者を思う大人たちの愛情をというより、大人たちの自己満足や悪意すら感じてしまうのだ。このようなことは、セレモニーや子どもたちのパフォーマンスなどにも、よくあることだ。おりこうさんを演じた方が、事は無難にはこぶ。見てくれがよくて粒ぞろい、まるで果物屋のオレンジのような子どもたちを見て大人たちは喜ぶ。

だが本当に若者のことを思うなら、大人に似せて若者たちを仕立てあげて、どうするのだ。私は口パクの若者より、腕パクな若者が好きだ。

逸脱もいい、奔放もいい。たとえ落後しても、たたかれてもけっしてへこたれぬのが、若者の特権ではないか。

物書きうらおもて

物書きはイイですね、と言われる。たしかに活字になった自分の名前を見るのは、嬉しい。出てたね、と挨拶されると、あなたはイイ人ですね、と笑みかけたくなる。

だが、悲喜こもごもはどの商売も同じだ。共感を得るということは、時には反感やヒンシュクも買うということでもある。気付かれぬことや、無視されることだってある。

文章を出すということは、人前で素っ裸になるようなものだ。ペンは剣より強しと言うほど私はオメデタクはないが、世界を相手に敵わぬ戦いをするんだと思う時はある。

戦後、マスコミでは反権力や反体制といった旗印が流行した。私も威張り腐った人間や組織は嫌いだ。しかしマスコミの多くに欠けていたものは、物を書く自分たちも、ひとつの権力であるという自覚だった。反権力を標榜《ひょうぼう》し、正義を売り物にするマスコミが、みずからの中に時の権力以上にいやあな権威の構造を持っていたのだ。はじめから権力の飼い犬のようなマスコミはいざしらず、権力に嚙みついているつもりで、いつしかそれを補完する番犬になったマスコミを、私はそれこそ目が腐るほど眺めてきた。

私が権威や党派的なものを苦手なのは、私が、人一倍権威や情にもろいからだ。私は刀を持つと、振り回したくなる。子分を持つと、その多さを自慢したくなる。つまり、私こそ権力のかたまりみたいだと、自分で思っているからだ。そのくせ、この世の人間のなすことやることには、未練たっぷりと来ている。まあ一匹狼にもなりきれず、野良犬として、とぼとぼやっていくしかないのでしょう。

だから私は、いつも自分に言いきかせている。イイ気になるな。イイことばかりじゃないぞ、と――。

ふるさと特産事始

大海の一滴と井戸の一滴

イモ焼酎を黒ジョカで注《さ》しつ注されつというのは、オツなものだ。肴はイワシやサバなどの青物の魚が飽きが来ない。夏は木綿豆腐の冷奴に限る。

机にはりついている時は、軽羹《かるかん》と深蒸し茶で一服する。旅先での私のお昼は、たいていラーメン・ライスだ。漬け物とともに、これをわりわりとかきこむ。これができる時は、なんとなく馬力あるなあと自分に言い聞かせる。

この世には、高価でとびっきりのものもあっていい。しかし、安くて美味しいもの、手頃で使い勝手のいいものもあっていい。その場その時で、あれこれ選べる。選択の幅が広いこと。それが暮らしの豊かさ、そして文化の高さだ。

その土地ならではの人が、その土地ならではのものを作り、それを地ゴロもよその人も愛でる。

愛でられることで、自信も誇りも、ついでにお金まで湧いてくる。地産地消というより、地産普消だ。だってそうではないか。美味しいものは、誰かに食べさせたくなる。可愛いものは、普《あまね》く人に見せたくなる。いいものは、勝手に時空を超えるのだ。

むろんその人とその土地ならではのものが、ファンを獲得するまでには、時として、とほうもない径庭《けいてい》を要する。作ることと売ることの間に深い溝があるように、売ることと買われることの間にも深い溝がある。すぐれた作品がそのまますぐれた商品になるほど、この世は甘くない。報われない努力だってある。

かつてそこに目をつけたのが、メディアや代理店だった。俺たちにまかせろ、俺たちが流行だってトレンドだって作る、この世のお金だって俺たちの意のままだ、そう言わんばかりに自治体や企業に大攻勢をかけた。

しかしその結果、私たちの周囲には何が残ったか。画一化された町並みや祭り、どこをとっても金太郎飴のようなヒット商品もどきが、雨後のタケノコのように出現しただけだった。

今も私たちの周囲に目立つのは、いたずらに東京に追従するか、いたずらに東京を毛嫌いするか、いずれかの人だ。だが大切なことは、強いものにあやかることでも、ライバルを出し抜くことでもない。

それに、勝とうたって、東京は台風の中心と同じく、相当の力を持っているものだ。それに勝つことなんて思わなくてもいいが、負けはしないぞ、と覚悟することが大事だ。大海の一滴も水なら、井戸の一滴も同じ水である。日本のはずれにあること、小さいことを恥ずかしがらず悪びれず、わが井戸を掘り続けることが、いずれこの世に通底すると思う。そうやって、感動は錦江湾を超えるのだ。それでポシャっても、いいではないか。

井戸と情は深く、目標は高い人が私は好きだ。私は何も精神論をぶっているのではない。いい作品こそ全てと言っているのだ。

いい作品と言えば、やはり手はじめは、鹿児島の人という特産品ではないか。

正月前後、物産館になるわがや

半世紀も前のことだ。正月前になると、わがやは小さな物産店なみに賑やかになった。お客だけではない。所狭しと頂き物が並ぶのだ。

父は馬喰をしていたから、付き合いも顔も広かった。ほどこし、ほどこしというのが口癖だったが、むろんほどこしだから、お返しなどアテにしてはいなかっただろう。

床の間には、焼酎瓶と砂糖の箱がひしめいた。座敷の欄間の下の長押《なげし》には、縄にくくられた鰹節や焼き鮎が、さながら大奥のスダレのようにぶら下がった。枕崎の鰹節や出水の名古《なご》の焼き海老や阿久根の煮干しは、父が行商のご婦人たちから買い込んだものだった。

これらが家中に醸し出す匂いは、海の一〇〇％濃縮還元臭のようなものだった。私は張り替えたばかりの真っ白な障子紙を、ちょっぴりかわいそうに思った。

やがて鹿児島に出た私は、納屋通りを歩いてこれと同じ匂いに出くわすのだが、そのたびに私は、あっ、納屋通りはいつも師走をやっていると思ったものだ。

広い玄関には、ぎっしりと炭俵が立った。俵には炭の格を示す「樫子丸」という印字が打ってあった。私は姉に、「お正月で、かしこまるから、カシコマル？」と聞いたことがあった。そして、「この子は面白いことを言う」と言われ、ちょっぴり得意になったことを覚えている。

炭のほかに、巻いた荒縄を届ける人、藁ぞうりを届ける人もいた。藁ぞうりは、川で鮎とりをする時くらいしかはかなかったが、暮れのぞうりの緒には、必ず赤い布が絡《よ》りこまれていた。その赤が、海老の赤い色や、南天の赤い実とともに、正月を待ちわびる私の心にほのかな灯りをともした。

ロケットのようなクリスマスツリーもいいが、唐辛子ほどのものだって、心がこもっていれば、人の心を明るく暖かくしてくれるものだ。

わがやで作った手造りの味噌や醬油を持参する人もいた。黒砂糖もあった。その頃の黒砂糖は、薄いレンガのような固まりだった。そして、その端っこには、必ずどこか新聞紙がこびりついていた。

まさに、わがやはさながら、田舎の物産館であり、気安いたまり場だった。
父は訪れる人や酔客の相手をしたり、勢ぞろいした海の幸や山の幸を眺めながら相好を崩した。
アテにしていなくても、頂くと嬉しいものが、この世にはあるのだ。

この賑やかさが、大晦日になると一変した。くさぐさの品は納屋や押入れに片付けられた。変わって床の間には、お鏡と父が薄端《うすばた》に活けた松竹梅が飾られた。前庭には白砂がまかれ、門を門松が飾った。

これらは世間様への挨拶でもあったが、年神様を迎えるささやかな儀式でもあった。門では、お盆には迎え火や送り火を焚いた。その頃、私たちの中には、年神様や亡くなった人々が、生きているもろもろと同じく、ゆかしく生きていたのだ。

そんなのは嘘っぱちだ、神も仏もご先祖もいないよ、と言う人もいよう。おそらく、こういう人が、虚礼廃止などというようなことを言い出したのだろう。

だが、人に何かをあげたり、贈ったりする心の底には、打算や目論みでなく、虚々実々を超えた、もっと深い何かがあるのだ。それは、人間本来の生産や愛と結びついたものだと思う。

いずれにせよ、いささか猥雑な年の瀬から清楚な正月へと、わがやは衣替えをした。

おそらく、人が年をとるというのも、心の衣替えをするということなのだろう。年輪が、何かを身につけた証か、それとも何かを捨てた証か、人によっても違うだろうが——。

もの作りは絶望を友とせよ

たまにお茶室やお寺など、昔ながらの木造建築のデザインをすることがある。伝統とはぶっちゃけて言えば、しがらみもしくは約束事ということだ。伝統的なものは、時代や人の手を経た何千何万という約束事の上に成り立っている。

それらをきちんと踏襲したり、時に踏みはずしたり、あえて無視したりする。それを伝承と創造とか言ったりするのだろう。昔の人にゴメンナサイと言いながら、なんとか我を通すのは、不安と得意ふたつながらあって、結構楽しい。

私の好きな棟梁の口伝《くでん》に、「堂組みは木組み、木組みは人の心組み」というのがある。立派なお堂や塔を建立しようとすれば、まず立派に木を組むのが肝腎、そのためには職人さんの心を一つに組むのが肝心、となかなか味わい深い言葉だ。しかも組むという言葉が使われているのも興味深い。

組むというのは、木材の仕口《しぐち》や枘《ほぞ》にオスとメスがあるように、異なるものがしっかり嚙み合わさるということだ。外部の圧力で離れやすくなるどころか、ますます固く搦《から》み合うということでもある。ここが釘止めや接着剤でペタリ、と違うところだ。

いい職人は、道具を見ればわかる。腕の切れる職人は道具も切れる。けれど、昨今、昔ながらにきちんと鉋《かんな》かけができる人が少なくなってきている。鉋かけができるというのは、きちんと鉋の刃が研げるということだ。だから、きちんとした大工はきちんとした砥石を持っている。

むろん、最近は電動カンナの時代だ。しかし、ここぞという所では、きちんと手鉋をかけるのが私は好きだ。

電動カンナは、木材の表面を、ローラーのような刃で叩きながら削ってゆく。だから誇張していえば、木材の表面がさざ波のようになる。しかし、手鉋はすっぽりと薄く削る。同じ削るにしても、いたぶるのと撫でるの違いくらいの差がある（だからだろうか、私はヒゲだって、電動カミソリよりT字形のカミソリが好きだ）。

むろん電動カンナだって随分と改良されている。このおかげで作業能率だけでなく、大工の技倆の差がつきにくくなった、と言う人もいる。しかし、差はつくんですね。

手鉋のうまい人は、電動カンナを使わせても、これがうまいのだ。うまい人はいずれの時も、道具ごしに木材の表面の様子を掌で感じとるからだと思う。キザな言い方をすれば、掌で木肌の命をキャッチしながら、引いてゆくのだ。下手な人は、そんなことはお構いなく、ただもうずらずらと、機械まかせで動かしてゆく。そして仕上げが悪ければ、道具か素材のせいにするだけだ。

左官だってそうだ。塗り方のうまい人は、やはりコテを通して、掌で壁の表情を感じとるのだと思う。そして彼らに共通しているのは、スポーツ選手もそうだが、いかにも軽々と、いかにも楽しげに見えることだ。

これは、なかなか学んで学びきれるものではない。教えて教え尽くせるものでもない。匠の世界の極意というより、いうならば歌心や絵心のようなものだ。習うより盗めと昔の人はよく言ったものだ。

もの作りには、どんな王道も近道もない。至れり尽くせりの支援より、人をぺしゃんこにさせる試練が、時に本物の人を育てる。時に本物の芸と匠を育てる。

希望はないより、あった方がいい。だが希望のぬるま湯に、慢心と保身のボウフラが湧くことだってある。私はもの作りは、絶望を友とするべきだ、といつも自分に言い聞かせている。

風光の魅力と人間の努力

国道二二六号線の生見《ぬくみ》を過ぎ、観音崎にさしかかると、海沿いに松がにょきにょき立っている。腰の入った立ち姿だ。松原ごしに錦江湾と知林《ちりん》が島や大隅の山々が見える。ふりかえれば、桜島がおっとりそびえている。

息を呑むような絶景ではないが、ほっとひと息つきたくなる。凡常《ぼんじょう》の名景だ。観音崎の松は指宿の門掛け松だ、と私は思っている。ここを過ぎると、今和泉《いまいずみ》だ。今ここは天璋院篤姫の出跡《であと》として注目されている。地元も熱くなっている。これはこれで結構なことだ。しかし、と今回のちょっぴりあやかり商法への苦言を――。

大河ドラマというのは自分たちが作り出した価値というより、与えられたきっかけなんですね。むろん地域浮揚のためには、どんなきっかけでも利用すべきです。

ところがそれをものにするには、これ見よがしでなく、人知れぬ努力がいるものだ。それもなしに、チャンスチャンスと鬼の首でもとったみたいに色めきたつのは、ヤラズブッタクリだと思う。縁日商売と同じだ。もちろん『翔ぶが如く』の時とは、受け入れ方ももてなし方も、格段上手になっているかもしれないけど……。

ただ、一年でのしあがったものは、得てして一年でぽしゃるものだ。それでもイイ、と言う人もいていい。だが私は、据《す》え膳にあずかる時や人の評判にあやかる時は、ちょっぴり謙虚に振る舞うのが好きだ。そして、たとえ誰も振り向く人がいない時でも、腐らず黙々と自分の魅力を磨き続ける生き方ややり方も気に入っている。

流行に便乗したテレビ番組、テレビに便乗した旅行業者、旅行業者に便乗した観光客、それに便乗した商売もある。しかし、中には温泉に浸るのと同じくらい、鹿児島の風光に浸りたいという人もいる。焼酎に酔うのと同じくらい、鹿児島の歴史と文化に酔いたいという人もいる。歴史と文化と言えばしちめんどうだが、なんのことはない。「ああここから篤姫や西郷は、桜島を眺めたのだなあ」。こんな気持ちにさせることだ。鹿児島の風景を五感で感じ、風物や人情を五感で味わう人である。こんな人が根強いファンになる。

であればあるほど、よそとは違った鹿児島ならではの魅力と努力がものを言う。しかし私たちはどうもよその真似をしたり、エエトコドリをすることにのみ躍起になりすぎるきらいがある。それが進んでることだと思いたがる。そして一番大事なものを捨てている。

私の周囲のがんばり屋さんの中には、ドラマや新幹線の話題のたびに、起爆剤と口走る人もいる。しかし、爆発するのは火の山だけでいいんですね。こちらの欲と皮算用の爆発に、よその人を道連れにするのは、自爆テロみたいで品がない。

時に革《あらた》めることにも心血を注ぎ、時に変わらぬことにも懸命になる。自分は黙っていても、他人がほっとかない。そんな人や所が、鹿児島に増えたらイイなあと思う。

カツオ節への捧げ歌

子供の頃、カツオ節削りは私の日課だった。大工道具の大ぶりな鉋《かんな》でしこしこと削るのだ。私は削り方が下手で、本枯《ほんが》れは粉々になるし、生節《なまぶし》はいつも刺身のようになった。削るのより、鉋の刃の調整に時間を食われたし、それがまた面白かった。そして私の削ったカツオ節の本体は、いつしか片方が切り出しナイフのように尖っていた。へそ曲りなのだろう。そういえば、習字の時の私の墨もひとつとしてまっすぐ摺り下されることはなく、いつも無残に斜めっていた。

わがやには師走前、枕崎のカツオ節売りのおばさんがやって来た。父はごっそりとそれを買い上げた。そして喜ぶおばさんを相手に、世間話をするのがとても嬉しそうだった。

彼女はお茶をすすりながら、私に五円玉をくれることがあった。カライモ飴が一個一円、スズメノタマゴが一個五十銭の時代だ。私には五円玉の文様の稲穂が、なぜか波の穂に見えた。私はお返しに、彼女の真似をするのが得意だった。姉さんかぶりをして竹カゴを背負い、あの独特の言い回しで、「カァツオブシャ　イランカネェェ」と叫ぶのだ。

カツオ節の婦人行商がさかんになったのは、明治期の黒島流れからだ。台風で五百人を超す漁師たちが犠牲となり、おびただしい死体が、海のむこうの黒島の海岸に打ち上げられたという。夫を亡くし、途方に暮れた夫人たちは、カツオ節を売り歩いて生計を立てるようになった。多い時は、四百人もの行商婦人がいたという。

むろん、男が狩りや漁をして、女がそれを売りさばくのはよくある形だ。だがそれにしても、この人たちのたくましさはどうだ。

名物や銘品に隠された物語というものは、やわな思い付きやこれ見よがしの宣伝や口車にはない、本当の人間の風味を感じさせてくれる。彼女たちは笑いつつ、カツオ節を売った。カツオ節は売っても、けっして自分の悲劇を売り物にはしなかった。

何のるかそるか、生きるか死ぬかの現実があって、はじめてささやかな物語が生まれるのだ。

よりも鰹群《なぐら》を追う漁師たちが、イタコ一枚下は地獄の世界に生きている。

今年は、枕崎のカツオ節業界は、カツオの高騰でひどい目に遭っている。しかし、求められるがゆえに足りず、愛されるがゆえに高くなっているのは、まだ脈がある。カツオ節パックだって、安すぎる。

私は子ども時分、行商のおばさんに「マンガレ　マンガレ」と言っていたそうだ。マンガレとは、ガンバレのことだ。私は枕崎の人々に、この世界的なカツオのシケをうまく乗り切るよう、「キバランカイ　マンガレ」と呟きかけるだけだ。

ところで、私はパスタを作る時、必ず枕崎のカツオの塩辛を使う。アンチョビーがわりだが、これがなんともいえず旨い。タイムの香りともよく合う。是非、皆さんもおためしください。

ホンモノとニセモノ

時の流れには、限りもないし果てもない。そこで、その限りないものを、私たちは年月や季節、さらに曜日や時刻で区切り、自分たちの暮らしにメリハリをつけている。年の瀬とはうまい言葉だなあと思う。そして、正月が、その中でもやはり一番の節目だ。

昔、日本人は暮らしのパフォーマンスが下手だと言う評論家がいて、喧嘩したことがあった。

とんでもないことだ。たとえば、暮れから年始にかけては、私たちの五感いっぱいに正月協奏曲が響きわたった。

目で言えば、ご来光を拝む。晴着が映《はえ》る。冬を感じさせない緑《ときわ》の松飾りが、目を射る。そして、はや梅は蕾をふくらませている。

耳にはかつて、餅搗きの音や除夜の鐘や神社の鈴、獅子舞いの笛太鼓も響きわたった。

鼻には、ユズの香りやお屠蘇の匂い、正月着物のナフタリンの臭さも飛び込んで来た。

そして口は、時にうんざりするほどのおせち料理を頬張った。家もまた、煤《すす》払いや門松を立てたり、庭に白砂を撒いたりして、年の神を迎えた。

「昆布はよろこぶに通じるのよ。裏白はね、心の裏まで真っ白ということ。黒豆は苦労をまめにするようにね。飾り餅は、かさねがさね円満であるようにだよ」

母は子供の頃に、こう教えてくれた。

そんなのは、古き時代の遺跡と同じだと言う人もいよう。しかし、こんなことしか当てにならないこともあるのだ。

こんなことを当てにしながら、私たちは悲喜こもごもの時の流れを、どんぶらこどんぶらこと流されながら生きて来たような気がする。

ところで一九九九年の世相を象徴する字は、清水寺によれば、「偽」だったという。偽装や偽造、なるほど烏《からす》の鳴かない日はあっても、「偽」という字がメディアで踊らない日はなかった。

「偽」という字は、ニンベンに「為」と書く。「為」はもともと象形文字で、象を手なずける人間の姿を文字にしたものという。巨大な象を手なずけるのだから、そこには並外れた意志がいるだろう。そこから「為」すという言葉にも、この字が当てられるようになったという。

その象を手なずけようとした字に、さらに人間がくっつく。これはもう意志の強さというより、作為以外の何ものでもないということになろう。だから、いつわりをこの字で表わしたのだ。

いずれにせよ、「偽」という言葉は、字とうらはらに、ちっとも人の為にはなっていない。

あるいは、人間というものは欲と道連れの生類だから、とかく人の為すことは、偽りが多いということだろうか。

ホンモノとニセモノだって区別がつきにくいご時世だ。


学生時代、骨董屋でアルバイトをしていた頃、そこの主人に、とにかくホンモノを見ろ、良いものを目に灼きつけろと言われたことがあった。するといつしか、目利きになるというのだ。骨董に限らず、絵、音楽そして文学もそうだ。ホンモノというより良いものは、それだけ時流に耐えうるものだということを、主人は言いたかったのかもしれない。

私が今断言できるのは、ニセモノの方がいかにもホンモノらしく見えるということだけだ。

むろん、ホンモノだから、高額だとか、高尚だというのではない。ニセモノだから、安いとかマズイとも限らない。

ただ私にとって、つまるホンモノかつまらぬホンモノか、つまるニセモノかつまらぬニセモノかがあるだけだ。その好き嫌いをきちんと言うことが、この世を楽しく、また風通しよくしてくれるのだと思う。そして、これが作り手の意欲と匠をひきだし、ひきあげてくれるものだ。

かく言う私など、人間で言えば、偽りのないまがいもの、ホンモノのニセモノなのだが……。

贅沢な大地の幸、つましい日常

幼い頃、三月になると蓬《よもぎ》摘みに出かけた。

ときおり風は冷たいが、陽差しは明るい。なんとなく浮き立つ気分で、姉と一緒に蓬を摘んだ。母は農薬が恐いから、他人様《よそさま》の畦《あぜ》では摘まないように、と念を押した。

摘んだ蓬は竹カゴに入れた。この竹カゴは彼岸過ぎになると、ハマグリやアサリ採りの時にも活躍した。

蓬では草餅を作った。私たちはフツモチと呼んでいた。ヨモギでなくフツというのは、なじみ薄い言葉かも知れないが、今でも志布志市有明町には、蓬原《ふつはら》という地名が残っている。

蓬を摘みながら、眠っているはずの蛙や蛇に出会う時もあった。

また蓬を摘みながら、姉は野ビルも採った。ニンニクのようなラッキョウの親戚のようなものを根ごと掘るのだ。水洗いすれば、鮮やかな香りがあたり一面にひろがった。それをさっとゆがいて、酢味噌で食べる。そのかたわらに、頂き物のタケノコが添えられることもあった。

こう書くと、いかにも私が自然の恵みの中で、豊かな田舎暮らしをしてきたように思われるかもしれない。

しかし、むしろ私は、豊かな自然を当たり前として、その素晴らしさにあまり気付かず暮らしてきたと言っていい。私が母の恩愛や空気の恵みを忘れがちなのと似ている。

鹿児島は暖かい。冬に田畑が凍ることも、雪に閉ざされることもない。四季を通じて、新鮮な食材が手を伸ばせば至る所に満ち溢れている。

私がウドやタラやクサギなどを楽しむようになったのは、ごく最近のことだ。わざわざ山にわけ入らなくとも、ふだんの食材は、裏の菜園やお隣の畑で事足りた。

だから、誤解を恐れず言えば、私は鹿児島のふだんの郷土料理は、貧しかったと思う。

メニューのつましさはもとより、素材が豊かで新しいから、余計な仕込みや手間をかけずに、それをさっと出せばよかったのだ。

無塩《ぶえん》が一番、贅沢だったのだ。

京都やパリなどの内陸部では、料理や漬物などが発達する。言うならば、足の早い魚や獣の肉など、腐りかけたものをどんなに美味しく、どんなに臭味を隠して出すかで、工夫や匠が発達したのだ。

むろん、鹿児島の祭事や歳時の料理にも、それなりの知恵と技のふるいどころがあった。鶏をつぶす、とっておきの鯛や海老を出す、味付けに砂糖を惜しまない……。大盤振る舞いだ。ふだんの食卓とハレの日のご馳走と。このメリハリが季節とともに地域とともに流れていたのだ。

そして私たちは、走りものや初物にめぐりあうたび、手を合わせ東を向いて笑いながら食べたのだ。自然と心を通わす、自然の恵みを知るというのは、ひとえにこのような五感を通してであって、難しいお書物や頭ごなしの訓話ではなかった。

■初出一覧

＊いずれも本書収録にあたり加筆した。

Ⅰ

切実のうた　拙劣のいのち——村上一郎と私と時代

——「西日本新聞」二〇〇六年六月二日～一〇月二日

『開教日誌』を読んで

——吉本隆明・桶谷秀昭・石牟道子著『親鸞——不知火よりのことづて』（平凡社ライブラリー、一九九五年）あとがき

藤原伊織を悼む

——「西日本新聞」二〇〇七年五月一九日

——「日本経済新聞」二〇〇七年五月二二日

Ⅱ

ちょっと深呼吸

——「朝日新聞」一九九九年四月二五日～二〇〇五年三月一三日

思うこと

——「南日本新聞」二〇〇八年一一月二一日～二〇〇九年二月二七日

ふるさと特産事始

——『鹿児島県特産品協会会報』vol.1～7（二〇〇六年一〇月一日～二〇〇八年三月二八日）、原題「哲也製　かごしま心の特産品」

あとがき

九州西海岸の出水に、私が住みついて四十年になる。ここは鶴が来る町としても知られているが、広島の人である父と熊本の人である母が、駆け落ちのようにして寄りついた土地でもある。私も十四人兄弟の末っ子として、ここで生まれた。

峠こえれば　微笑みこぼれる
つらい思い出　光が包む
よその同士の　親父と母が
流れすみつき　暮らした町
いまでも夢の　つづきのように
つらなる鶴よ　季節《とき》のはざまを

かつて南こうせつ氏に作曲してもらった「夢のつづき」の一節だ。
若い時分は勘当され、岡田の馬鹿息子と呼ばれ、わがやの敷居を跨ぐことはむろん、鹿児島に帰ることなどあるまいと思った。なのにおめおめというか、ぬけぬけというか、蕩児の帰郷よろしく帰ってきて、よくもまあこんな長い間と思う。出水でも四回ほど引っ越ししているが、この地を去らないところをみると、まだここでの縁が尽きていないのだろう。

しかし、田舎暮らしをしながら、私は「どこに住もうと　死に場所がふるさとだ」とか、自分は定点の旅人だとほざいてきた。あるいはかつての田舎住まいの勧めやUターンといった風潮は、私にはいささかかたはら痛いものだった。

この世は仮のすみかだ、どこに住んでも地獄、月日は百代の過客だというのは、私の好きな考え方だ。そして私はこの世を、「主」というよりは「客」として、過ごしてきたような気がする。といっても刺客にはなれなかった。食客である。しかも中心よりはへりで生きるのが、いつしか習い性となっていた。

まっすぐな大道より、脇道がいい。道を極めるよりは、無道、時には獣道だっていいさ。なあんて、本当は、シャカリキに頑張るのが苦手だったのだ。努力して頂を極められぬことが、報いられぬことが恐かったのだ。わが闘争は、いつしかわが逃走となった。それを孔子ふうに「とらわれず　わが旅に一生を送らむ」などとうそぶいてきた。

しかし、私は田舎わたらいで、蕨でも採って清貧に生きるどころか、人一倍諸事にとらわれ、情実にわずらわされ、とても悟りすますことなどできない自分を思い知らなければならなかった。きっと根太の懊悩が、マグマのように煮えくりかえっている男なのだろう。さりとて、再び都へ、落ちのびたくはない。なんのことはない。ブレ続け居直りづくめの一本道だった。

さて本書では、わが青春のひとときやわがややふるさとに寄せる思い、そして世相への思いが、手前勝手に描かれている。野球やゴルフのスイングではないが、それらへのアドレスやスタンスの取り方、またそれらの芯の喰い方や外し方に、よくも悪くも私が出ていると思う。すみません、これが私なんです、と言うしかない。

私に声をかけて下さった西日本新聞社、日本経済新聞社、朝日新聞社、南日本新聞社、鹿児島県特産品協会の編集担当の皆様に、お礼を申しあげます。そして労と不安をいとわず本書に取り組んでいただいた花乱社の別府大悟氏に、有難うと申しあげます。さらに、本書を手にしていただいたあなたにも──。

平成二十三年五月

岡田哲也

岡田哲也（おかだ・てつや）

一九四七年、鹿児島県出水市に生まれる。ラ・サール高等学校卒業、東京大学中退。出水市在住。

❖詩集

『白南風』（七月堂、一九七八年）

『海の陽 山の陰』（七月堂、一九八〇年）

『神子夜話』（砂子屋書房、一九八二年）

『夕空はれて』（七月堂、一九八四年）

『にっぽん子守唄』（碧楽出版、一九九五年）

『岡田哲也詩集』（砂子屋書房、二〇〇五年）

『往来葉書 鬼のいる庭』（画＝小林重予、海鳥社、二〇〇九年）

『わが山川草木』（書肆山田、二〇〇九年）

❖エッセイ集

『不知火紀行』（砂子屋書房、一九八九年）

『詩季まんだら』（七月堂、一九九二年）

『南九州文学ぶらり旅』（文化ジャーナル鹿児島社、一九九八年）

『夢のつづき』（南日本新聞社、二〇〇一年）

『続・夢のつづき』（南日本新聞社、二〇〇二年）

❖物語

『川がき　春』（南日本新聞社、二〇〇六年）

『川がき　夏』（南日本新聞社、二〇〇七年）

『川がき　秋』（南日本新聞社、二〇〇八年）

憂《う》しと見《み》し世《よ》ぞ
❖
2011年8月8日　第1刷発行
❖
著　者　岡田哲也
発行者　別府大悟
発行所　合同会社花乱社
〒810-0073 福岡市中央区舞鶴1-6-13-405
電話 092(781)7550　FAX 092(781)7555
http://www.karansha.com
印　刷　秀巧社印刷株式会社
製　本　篠原製本株式会社
ISBN978-4-905327-06-6
USHI TO MISHI YOZO
by OKADA Tetsuya
Karansha Publishig Co.Ltd., 2011:08 Fukuoka, Japan